돌싱일기

그녀 이야기

글 김세라

돌싱일기

초판 1쇄 인쇄일 2016년 9월 13일
초판 1쇄 발행일 2016년 9월 20일

지은이 김세라
펴낸곳 도서출판 유심
펴낸이 구정남 · 이헌건
마케팅 최진태

주소   서울특별시 구로구 공원로 41, 805(구로동, 현대파크빌)
전화   02.832.9395
팩스   02.6007.1725
URL   www.bookusim.co.kr
등록   제2014-000098호(2014.7.8)

ISBN   979-11-87132-04-2 (03810)
값   12,000원

돌싱일기

그녀 이야기

글 김세라

도서출판 유심

소소하고 잔잔한, 하지만
전혀 아무렇지 않은 것은 아닌…

이혼은 빈부귀천과 상관없는 문제다. 재벌도 하고 빈민도 한다. 신혼 때도 하고 황혼 때도 하는 걸 보면 노소와도 무관하다.

주변에 돌싱이 있다면 한번 눈여겨보라. 겉으로는 아닌 척해도 다들 다소간 주눅이 들어있기 마련이며, 특히 여성들은 남성들에 비해 더욱더 위축된 모습들일 것이다. 그도 그럴 것이, 고통스러운 결혼생활을 가까스로 청산하자마자 곧이어 또 다른 종류의 고통들에 직면해야 했을 테니까.

이혼녀라는 이름으로 하나의 집단을 일률적으로 규정할 순 없지만, 우리 사회에서 이들은 대개 일상에서 비슷한 종류의 곤혹스러움, 난처함, 당황스러움을 경험한다. 실패한 결혼이 가져다준 애증과 분노, 회한, 우울 등이 밑바닥에 기본값으로 깔려있음은 물론이다. 이혼녀라고 해서 혜택이나 배려의 대상이 되는 경우는 결코 없으며(물론 혜택이나 배려가 주어져야 한다는 뜻은 아니다), 유형·무형의 불이익만 겪게 되는 것이 현실이다.

사실 가까운 주변 사람들도 그녀들의 아픔과 고민을 속속들이 알지 못한

4

다. 게다가 집단주의 정서가 강한 우리 사회에서 소수자 그룹에 속한다는 것은, 상대적으로 불리함과 불편함과 억울함을 감수해야 할 때가 많다는 것을 의미하기도 한다.

이 책에 나오는 에피소드는 전부 실화다. 서울 사당동에 사는 김모 씨, 정릉에 사는 이모 씨, 경기도 용인에 사는 임모 씨, 의정부에 사는 홍모 씨, 일산에 사는 정모 씨 등 10여 명의 인터뷰이들은 익명성에 기대 자신의 이야기를 편하게 털어놓았다. 실명으로 등장하지 않는다는 것이 마치 복면을 쓴 것 같은 자유로움을 선사한 듯하다. 물론 지역적으로 수도권에 국한되어 있고, 모두 도시에 살고 있으며, 직업과 연령대가 다양하지 못하다는 한계가 있지만, 그래도 이들의 목소리에는 일말의 진실이 담겨있다고 본다.

이들의 경험담을(물론 내 이야기도 포함되어 있다), 초등생 아들(이름: 한가람)을 키우는 돌싱 생활 3년차인 40대 초반의 여성을 주인공으로 내세워 한 사람의 이야기로 엮었다. 가공의 인물이다 보니 이름을 무엇으로 할지 고민스러웠는데, '돌싱녀'의 입장과 상황을 대변하는 캐릭터라는 점에서 가장 발음이 비슷한 '도신영'으로 낙착을 봤다. 주인공의 이혼 사유를 구체적으로 표현하지 않은 것은 이혼 이후의 삶에 초점을 맞추기 위해서였다.

이 책에 실린 에피소드들이 특별히 자극적이거나 극단적인 것들이라고 생각되지는 않는다. 돌싱녀들의 일상도 그 나이 또래의 일반 여성들과 크게 다르지 않으니까. 단지, 돌싱녀이기 때문에 맞닥뜨리게 되는 상황들, 돌싱녀가 아니면 들어보지 못할 말들, 돌싱녀이기 때문에 느끼는 감정과 정서들이 분명 있기에, 그런 소소하고 잔잔한, 하지만 전혀 아무렇지 않은 것은 아닌 그런 요소들을 그려 보이고 싶었다. 혹시라도 돌싱녀들의 내밀한 사생활(?)을 엿보고 싶었던 독자라면 실망감이 클지 모르겠다.

아울러, 혹시라도 이 책이 이혼을 정당화하거나 부추기기 위해 기획된 것으로 오해하는 독자가 없기를 바란다.

다만, 가정의 형태가 점점 다양해지고 있는 가운데, 이혼을 '가족의 해체를 가져오는 불행한 사건'으로만 바라보는 시선은 이제 좀 바뀌어야 하지 않을까? 그러한 우리 사회의 경직된 시각에 대한 아쉬움이 집필의 동기가 되었음을 밝힌다. 이 책을 통해 이혼이 '불행한 결혼생활을 종결짓고 새로운 삶을 시작하는 계기가 될 수도 있다는 인식이 확산된다면 그것만으로도 큰 보람이겠다.

2016년 8월 **김 세 라**

최선도 최악도 아닌,
어쩔 수 없는 선택

딸이 볼일이 있다고 외출하면서 나에게 아이들을 맡겼다.

장난감을 갖고 아이들과 놀아주다가 시간도 때울 겸 딸의 결혼식 비디오 테이프를 틀었는데, 엔딩 장면에 '신랑신부님, 행복하세요!'라는 자막이 떴다. 한글을 깨친 다섯 살짜리 손자가 문득 "그런데 왜 우리 엄마아빠는 행복하지 못할까요?"라고 심각한 질문을 던지는 게 아닌가. 이런저런 상념에 잠겨 있던 나는 깜짝 놀라서 "아니, 엄마와 아빠가 많이 싸우시냐?" 하고 어이없는 반문을 하고 말았다. 그때, 이제 막 말을 배우기 시작한 손녀가 무엇인가 알고 있다는 듯 "안 싸워요! 안 싸워요!" 하고 거들고 나섰다.

천사 같은 아이들의 눈에 비친 막연한 불화의 기운은 1년 후, 이혼이라는 현실로 실체를 드러낸다.

지금으로부터 13년 전, 딸 부부 사이의 경색이 감지되던 그해 여름부터 1년간 나는 참 많이도 울고 지냈다. 아마도 평생 흘릴 눈물의 대부분을 쏟았던 것 같다.

우등생 자리를 놓치지 않던, 누구보다 총명하고 성실했던 딸은, 만약 자기가 원하는 대로 인생을 설계하고 준비할 수 있었더라면 '확신 없는 결혼'을 선택하지 않았을 것이다. 무능한 부모는 딸을 적성에 맞지도 않는 직장생활로 내몰았고, 딸은 그에 대한 탈출구로 결혼이라는 도박에 뛰어든 게 아니었을까.

　이혼의 사유는 얼핏 보기에 경제적인 문제였지만, 사실은 결혼생활을 유지하는 데 가장 중요한 요소랄 수 있는 신뢰관계가 깨졌기 때문에 어떤 회유나 설득도 딸의 마음을 움직이지 못했다.

　구세대인 엄마는, 이혼을 결행할 때도 합당한 자격과 요건을 갖춰야 한다고 주장했다. 첫 번째 조건은 두 사람 사이에 자녀가 없어야 한다는 것이다. 어떤 역경에서도 어린 자녀가 부모와 함께 살아야 한다는 것이 나의 소망이며 철학이었다. 아이들이 받을 상처와 아픔은 둘째치고라도, 두 사람이 힘을 합쳐도 어려운 자녀 양육을 한 부모가 맡아야 한다는 것이 제일 큰 걸

림돌이다. 두 번째 조건은 전셋집이라도 구해서 독립적으로 살 수 있는 경제력이다. 딸은 전문직 자격증도 없는 데다 경력단절여성으로서 취업 전망도 불투명했다.

하지만 두 가지의 악조건을 무릅쓰고 딸은 빈손으로 아이들과 함께 친정으로 돌아왔다. 어차피 인간은 미완의 존재이므로 서로가 부족한 만큼 부부가 힘을 합쳐 함께 살아야 한다는 사고는 구시대의 아날로그식 계산법인 모양이다. 당장 거처를 마련해주고 생업을 찾을 수 있도록 도와야 할 일이 엄마인 나의 몫이었다.

다행히도 딸은 뒤늦게 적성을 살려 작가의 길에 들어섰고, 두 아이는 어느덧 중고생으로 훌쩍 자랐다. 힘닿는 한 아이들의 양육비를 보태고 있는 애들 아빠와 가끔 만나 넷이서 식사도 한다고 한다. 나는 하나밖에 없는 사위를 잃었지만, 아이들에게 애비 노릇을 하는 게 그저 고마울 따름이다.

그동안 아이들이 겪은 고통과 슬픔을 생각하면 딸이 최선의 선택을 했다고 두둔하고 싶지는 않다. 그러나 최악도 아니었다. 끝없는 절망 속에서 망가져가던 심신을 스스로 치유하고 회복해서, 잠재된 끼와 능력을 개발하며 홀로서기에 성공했기 때문이다.

　운명이었을까, 어쩔 수 없는 선택은.

박 양 자 (작가의 어머니·수필가)

CONTENTS

2. 천당과 지옥 사이 그 어디쯤

3. 제일 힘든 농사, 자식농사

CONTENTS

4. 그녀의 달콤 살벌한 일상

5. 인간관계, 비포 앤 애프터

Epilogue

Prologue

#1 돌아올 수 없는 다리를 건너다

결혼생활 7년차. 남들 같으면 아이 낳아 기르며 그럭저럭 안정기에 접어들 시기에 예상치 못한 폭풍에 휘말렸다.

지난 7년간 소소한 부부싸움조차 없었던 것은 그만큼 무덤덤한 사이였기 때문일까, 아니면 태풍 전야의 고요?

'결혼은 아름다운 오해로 시작해 참담한 이해에 이르는 과정'이라더니, 어느 날 문득 눈앞에 드러난 남편의 실체는 도저히 넘을 수 없는 절망, 그 자체였다.

- 당신이 어떻게 이럴 수 있어? 나한테 어떻게 이럴 수 있느냐고!
- ….
- 더는 못 참아! 이렇게는 못 살아!
- 그래서, 어떡하겠다는 거야? 이혼이라도 하겠다는 거야?

- 그래! 이혼해!

- 뭐, 이혼? 가람이는 어떡하고! 당신, 정말 나쁜 엄마네!

- 뭐, 나쁜 엄마? 그럼 당신은 좋은 아빠야? 가람이가 그렇게 걱정되었으면 이러지 말았어야지! 제발 이제 끝내! 아아아아악!

나도 모르게 양손이 귀로 올라갔다. 느닷없이 비명이 터져 나왔다. 딱, 뭉크의 '절규'처럼. 더 이상 너와 말 섞고 싶지 않다는, 더 이상 네 꼴 보고 싶지 않다는 분명하고 강력한 의사의 표시.

내가, 자기의 마누라가 가슴속에 꾹꾹 눌러왔던 분노와 울화를 얹어 소리를 지르기 시작하자 그는 잠시 당황한 눈치더니, 이내 날 노려보기 시작했다. 그의 눈빛을 타고, 방 안의 공기를 타고, 살벌한 기운이 전해져왔다. 어쩌면 살의(殺意) 비슷한 것이리라.

'나한테 손찌검이라도 하면 어쩌지?'

부부싸움이 처참한 살상으로 번지는 예가 얼마나 많은가. 사건이 터지고 나서 대판 싸웠던 어느 날 밤, 그는 갑자기 내 몸에 올라타고 목을 졸랐었다. 허리가 꺾이면서 몸이 허공에 붕 뜨는 것 같더니 어느새 방바닥에 뉘어진 나. 뒤이어, 내 목을 조르는 그의 모습이 흐릿하게 눈에 들어왔다. 정말로 나를 죽일 생각이었을까? 그랬던 것 같지는 않다. 손아귀의 힘이 아주 세지 않았던 걸 보면. 목이 졸리는 고통은 차라리 참을 만했다. 우리 관계가 막장에 이르렀다는 그 참담한 자각이 가져다준 고통에 비하면. 더 괴로운 순간은 다음 날 찾아왔다. 제발 가람이가 그 광경을 못 보았기를 바랐건만, 가람이는 천진한 얼굴로 이렇게 물었다.

- 어제 아빠가 왜 엄마를 괴롭혔어요?

비명을 지르는 나를 향해 무시무시한 레이저빔을 날리던 그는 그 길로 방문을 박차고 나갔다. 쾅! 얼마나 감정을 실었는지 문짝이 부서질 듯 소리가 요란했다. 그렇다면 이쪽에서도 답례를 해줘야지. 때마침 손에 잡힌 전화기를 있는 힘껏 문짝을 향해 집어던졌다. 쾅! 시끄럽게 울리는 소리에 나도 모르게 간이 콩알만 해졌다.

'혹시 다시 들어와 발길질이라도 하면 어떡하지?'

단 한 번의 목 졸림이 이런 학습효과를 가져온단 말인가. 다행히 그런 일은 일어나지 않았다. 그는 그날 돌아오지 않았으니까.

우린 지금 돌아올 수 없는 다리를 건너고 있는 게 분명했다.

#2 핏줄이 갈리는,
돈줄이 엉키는

- 가람이는 내가 키울 거니까, 양육비나 잘 보내.

- 뭐? 허튼 수작 하지 마! 애는 내가 키울 거니까, 애 몸의 털끝 하나도 건드리지 마!

- 뭐? 세상에, 기가 막혀! 당신이 무슨 자격으로?

- 아빠 자격으로! 가람이가 한 씨지, 도 씨야? 그리고 뭐, 위자료? 재산 분할? 꿈 깨! 이혼해주는 것만도 고마운 줄 알아!

가까스로 이혼에 합의했지만 아이를 누가 맡을 것이냐를 두고 다시 험악한 싸움이 시작됐다. 세상에 평화롭게 헤어지는 커플도 있을까?

부부가 자식까지 낳고 살다 갈라서는 것, 이것은 하나의 전쟁이다. 그것도 아주 추한 전쟁. 서로 인격의 밑바닥까지 내보이는 전쟁. 핏줄이 반으로 갈리고 돈줄이 서로 엉키는 전쟁.

#3 담담한 이별, 그 후

생전 갈 일 없을 줄 알았던 가정법원에서 몇 달의 별거 끝에 만난 그는 홀
아비처럼 초췌한 모습이었다. 스트레스로 흰머리와 팔자주름이 생겨버린, 그
래서 몇 달 사이에 10년은 늙어버린 나나, 서로 피장파장인가.

필요한 절차가 다 끝났다. 살 맞대고 살던 부부가 도로 남남이 되는 데는
서류 몇 장이면 충분했다. 될 수 있으면 빨리 벗어나고 싶은 이 공간. 아직도
할 이야기가 남았는지 서로에게 욕설을 퍼부어대는 어느 부부 옆을 지나 종
종걸음으로 출입문을 향해 걸었다.

자, 이제는 정말로 헤어져야 할 시간이다.

- 양육비는 다음 달부터 보낼게.
- 그래.
- 먼저 갈게.

이혼에 이르기까지의 지옥 같았던 시간들을 떠올리면 믿을 수 없을 만큼 담담한 이별이다. 뚜벅뚜벅 걸어가는, 익숙한 뒷모습의 한 남자. 더 이상 '내 남자'가 아닌 사람. 갑자기 눈앞이 아득해지는 느낌에 잠시 휘청거렸던가. 이런 날 '혼자'일 자신이 없다.

법원까지 와준 친구 손에 억지로 이끌려 들어간 설렁탕집에서, 희멀건 탕이 앞에 놓이자 갑자기 서러워지면서 온갖 감정들이 요동치고, 솟구치고, 북받쳤다. 이런 일을 겪고도 살기 위해 밥알을 목구멍에 밀어 넣어야 하다니, 삶은 얼마나 구질구질하고 구차한 것인가.

#4 미지의 세계로

마지막 절차가 남아 있었다. 법원에서 내준 서류를 들고 구청에 갔다. 서류를 받아드는 공무원, 엄청 친절하긴 한데 왠지 내 면상을 흘끔흘끔 뜯어보는 것만 같다.

'그래, 나, 방금 이혼했다! 볼 테면 봐! 마음껏 구경하란 말이야!'

그런데 이를 어쩌나. 내 꼬락서니가 영 '별로'인 거다. 화장기 없는 맨얼굴에, 거칠고 부스스한 머리 하며, 헐렁한 박스 티셔츠로도 감춰지지 않는 푸짐한 살집까지… 이혼녀라고 해서 남들 눈에 초라해 보이고 싶지는 않은데 말이다. 아니, 그렇다고 해서, 또 너무 화려해 보여서도 곤란할 것 같은 이놈의 심리는 뭔지.

그래, 이혼녀. 돌싱녀. 이제 정말 실감이 난다.

나, 이제 앞으로 어떻게 살지?

이제 내 앞에 어떤 삶이 펼쳐지게 되는 거지?

#5 내 고통의 임계치는

과거의 일들은 내 의지와 무관하게 수시로, 파노라마처럼 눈앞에 펼쳐진다. 임사 체험자들이 경험한다는 인생 회고의 순간들처럼. 내가 행했던 선택과 결정들이 부메랑이 되어 지금의 나를 향하고 있는 느낌⋯. 이혼이 남기는 상처란 이런 것이 아닐까?

과거의 일들이 떠오를 때마다 어김없이 그때의 편두통도 같이 찾아온다. 이혼을 심각하게 고민하면서부터 내내 나를 괴롭히던 편두통이. 사람은 왜 태어났는가, 왜 계속 살고들 있는가, 삶을 구성하는 요소들은 무엇 무엇인가, 삶에서 가장 중요한 가치는 무엇인가, 개인의 삶을 평가할 수 있다면 그 기준은 무엇인가, 부모 자식 관계라는 숙명은 대체 어떤 의미를 갖는가 등등 감당 못할 화두들을 붙잡고 눈물 흘리던 기억이 생생하기만 하다.

게다가 이혼을 원한다는 이유로 '자식 생각 안 하는 나쁜 엄마'로 몰려 남편으로부터 공격당했을 때의 그 분한 생각을 하면 지금도 눈물이 앞을 가린다. 게다가 엄마는, 이혼 후에 더 행복해진다는 보장이 없지 않느냐며 내내 나를 주저앉히려 하셨다. 물론 이혼해서 더 행복해진다는 보장은 없다. 보험도 아니고, 누가 그런 보장을 해주나? 아니, 살면서 어떤 선택의 순간마다 무슨 보장 같은 게 있었던 적은 있나?

사실, 이혼 전의 나보다 더 불행하게 살면서도 결혼생활을 유지하고 있는 사람들의 이야기를 들으면 심사가 복잡해진다. 나도 좀 더 참았어야 하는 것 아닌가? 나는 이혼을 피하기 위해 최선을 다했던가? 이혼, 정녕 안 할 수 없었나? 기업에서 근로자를 해고할 때도 마찬가지다. 사업주는 해고를 피하기 위해 할 수 있는 모든 노력을 다했다는 것을 입증하지 못하면 부당해고를 자행한 악덕기업주라는 오명을 뒤집어쓸 수밖에 없다.

'판단력 부족으로 결혼을 하고, 인내력 부족으로 이혼을 하고, 기억력 부족으로 재혼을 한다'는 말에 백퍼센트 공감한다. 그 당시 내 인내력의 한계는 딱 거기까지였으니까. 간단히 말해, 결혼생활의 중대 위기를 극복하고 남편과 다시 잘해보고 싶다는 생각이 더는 안 들었던 것뿐이다.

이혼하기 위해 결혼하는 사람은 없으리라. 결혼생활에 대한 기대치가 사람마다 다르듯, 사람마다 감당할 수 있는 고통의 임계치도 다른 것이려니.

1.
로맨스를 부탁해!

같이 살자. 인생 뭐 있어?
무모한 총각

프러포즈를 받았다. 무려 총각으로부터. 게다가 그는 나와 동갑이다. 사정 모르는 사람들이 이 얘기를 들으면 '득템'이라는 등 '대박'이라는 등 요란하게 반응하겠지만 난 그저 담담할 뿐이다. 상대가 동갑의 총각이라는 사실만으로 무슨 횡재나 맞은 것처럼 경거망동을 하는 건 신중한 돌싱녀답지 못한 행동이니까.

자칫하다간 이혼, 또 하게 될 수도 있다. 산뜻한 '신상'은 아니어도 나 같은 '중고품'은 임자만 잘 만나면 계속 사용할 수 있지만 '재고품'은 좀 다르다. 왜 재고로 남게 된 건지 조사를 해볼 필요가 있다. 까딱 잘못하다간 처치 곤란한 '악성 재고'를 떠안게 될 수 있다는 얘기다. 솔직히 말해서 좀 괜찮다 싶은 남자는 어김없이 품절 상태더라는 거다. '애 딸린 이혼녀' 입장에서 상대방이 초혼이라는 것은 과연 축복일까?

- 신영 씨! 아니다, 우리 동갑이니까 말 놓을게. 신영아! 난 네가 좋아! 그동안 몇 번 안 만나봤지만 나랑 잘 통하는 것 같아. 우리, 같이 살자.

- (헉) 뭐?

업무 관계로 알게 되어 여럿이 또는 둘이서 식사 몇 번 한 게 전부인 그 사람. 맥주 몇 잔에 취기가 돌았는지 갑자기 이름을 부르며 말을 놓더니, 대뜸 같이 살잔다. 관심사가 비슷하고 동갑이라 편했을 뿐 로맨틱한 감정이라고는 전혀 느껴지지 않았던 터라, 이것 좀 황당하다 싶은데.

'같이 살자니, 결혼이라도 하자는 거야? 아니면, 설마 동거하자는 소리는 아니겠지? 나에 대해 얼마나 안다고 이런 말을 하는 거지? 이런, 무모한 총각 같으니라고!'

그래도 어쩌다 그런 기특한 생각까지 하게 되었는지 궁금하긴 하다. 그래서 일단 들어나 보기로.

- 그래, 결혼해서 같이 살자니깐! 일하고 들어와서 같이 저녁 먹고, 같이 TV 보고, 같이 청소하고, 같이 애 키우며 사는 거야. 인생 뭐 있어? 고민 있으면 같이 나누고, 기쁜 일 있으면 같이 기뻐하면서, 좋은 일이든 슬픈 일이든 같이 나누며 사는 거지. 너랑 나랑 그냥 합치면 돼. 복잡하게 생각할 것 하나 없어.

한집에 살면서 살림과 육아를 같이 하며 희로애락을 함께하자는 이야기다. 그의 말을 듣고 있자니 결혼 상대를 정하는 것이 룸메이트를 구하는 것만큼이나 심플한 일인 것 같다.

'어라? 그게 그렇게 단순한 일이 아닌데?'

덧붙여 그는 언제부턴가 주변에서 여자친구가 있는지 물어보는 사람도, 여자를 소개해주겠다는 제의도 뜸해졌다고 했다.

─ 사실 나도 결혼할 기회가 없었던 건 아니야. 나 좋다고 따라다닌 여자도 많았고, 그중에는 꽤 괜찮은 여자들도 있었어.

그는 조건 좋은 처자들과도 교제가 있었음을 은근히 내비쳤다. 자기가 멀쩡한 처녀를 만나지 못할 남자라서 이혼녀에게 청혼하는 것이 아니라는 듯이, 만날 여자가 없어서 나한테 이러고 있는 게 아니라는 듯이. 그가 자기 자존심을 지키기 위해 하는 말이 내 자존심을 긁고 있었다.

─ 아, 가족끼리 상견례까지 한 여자도 있었는데, 그 여자와도 결국 깨졌어. 하하. 인연이 아니었던 거지, 뭐.

그렇다. 연애의 끝자락은 늘 그렇지 않던가. 서로 어긋나고, 틀어지고, 멀어지고…. 그리고 그 어떤 결말이든 '인연이 아니었던 것'으로 결론나기 마련이다.

- 신영아! 솔직히 말해서 나, 돈은 별로 없어. 하지만 아직 젊고, 몸도 건강하고, 일도 열심히 하고 있어. 물론 결혼하면 더 열심히 일해야겠지. 아빠가 되는 거니까. 둘이 벌면 각자 벌어 각자 사는 것보다 훨씬 나을 거야, 안 그래?

연봉은 얼마인지, 모아놓은 재산은 있는지 궁금한 생각이 들어도 속물처럼 보일까 봐 묻지 않고 있었는데, 고맙게도 그는 자진신고의 미덕을 온몸으로 보여주었다. 설마 빚은 없겠지? 재혼해서 팔자 고치겠다는 욕심 따위는 가져본 적도 없지만 생활수준이 더 떨어지는 일은 없어야 하지 않겠는가.

그런데 그는 아직 핵심을 건드리지 않고 있었다. 결혼생활이 이루어지기 위한 경제적 토대도 물론 중요하지만, 새로 가족으로 엮이게 될 사람들의 동의를 구하고 그들과 원만한 관계를 만들어가는 것이 가장 큰 과제일 텐데 말이다.

- 우리 부모님? 걱정하지 마. 아들이 좋다는데…. 반대 안 하실 거야.

과연 그럴까? 그는 아무 문제없을 거라고 장담했다. 부모는 그렇다 쳐도 형제들은? 친척들은? '애 딸린 이혼녀'가 뻔뻔하게 총각을 꼬드겼다고 시댁에서 이리저리 치이고 구박받는 광경, 막장 드라마에서 흔한 장면 아니던가. 나의 대생적 한계로 인해 시댁과의 관계에서 내내 '을'을 면치 못할 것만 같은 이 불길한 예감.

물론 가장 마음에 걸리는 것은 내 아이다. 그도 이 대목에서는 목소리에 힘이 좀 덜 들어가는 것 같았다.

- 물론 내가 아무리 잘한다고 해도 친아빠와 똑같을 수는 없을 거야. 애가 나를 그냥 편한 친구, 편한 아저씨 정도로만 생각해줘도 만족해야겠지. 아니다, 애가 나를 싫어하지만 않아도 성공 아닐까?

유일하게 마음에 들었던 대답이다. 예상되는 어려움 중에서 가장 까다로운 문제가 이것인데, 무조건 잘할 수 있다는 식으로 큰소리치지 않아서.
이제는 내가 대답할 차례다.

- 내가 별로 괜찮은 신붓감이 못 되는데…. 그런데 당신은 대체 왜 결혼을 하려고 하는 거야?
- 결혼을 왜 하려고 하냐고? 그야 뭐, 혼자 살면 외롭잖아.
- 외로움이라…. 맞아. 그런데 둘이 살아도 안 외로운 건 아니더라고. 물론 남자 입장에서는 안정적인 섹스 파트너를 확보하려는 동기도 크겠지.
- ….
- 당신은 결혼에 대해 너무 낭만적인 생각을 갖고 있는 것 같아. 시작할 때는 로맨스지만 결국은 일상이고 현실이야. 밥을 먹고 나면 음식쓰레기가 나오고 누군가는 그걸 갖다버려야 하지. 사랑해서 결혼해도 위기가 오는데, 단순히 덜 외롭고 덜 힘들 거라는 계산으로 합쳤다가는 그 남루한 일상들을, 서로 권태로워지는 순간들을 견디기 힘들 거야.
- 그야, 네가 결혼생활의 경험이 있으니까 그런 위기가 오지 않도록 잘 리드하면 되겠네.
- 경험이 있다는 건 상처가 있다는 뜻도 돼. 그래서 그, 위기 방지 활동이 당신이 생각하는 대로 잘 안 이루어질 가능성이 높아.

- ….

- 그리고 내가 '애 딸린 이혼녀'라는 것을 당신 집에서 좋아할 리 없어. 설령 반대까지는 안 한다 해도 탐탁지 않아 하실 게 분명하지. 물론 이해해. 당신 인생이 그만큼 힘겨워지긴 할 테니까. 다만, 이야기하고 싶은 건 이거야. 이혼 후 혼자 아이를 키우는 사람이라면, 여자든 남자든, 적어도 책임감은 있는 사람이라는 게 자동으로 증명된다는 거지. 물론 키우고 싶어도 아이를 위해 양육권을 양보하는 사람도 많으니까, 아이를 안 키우는 쪽이라고 해서 무조건 무책임한 사람으로 몰아서도 안 되겠지만 말이야.

- ….

- 마음은 고맙지만, 오늘 이야기는 못 들은 걸로 할게.

결혼생활이 원만하게 순항하려면 서로가 결혼생활에서 최우선적으로 기대하는 바가 일치해야 하건만, 그 대목에서 우리 두 사람은 접점이 잘 찾아지지 않았다. 내가 경험한 결혼은 괴롭고 또 외로운 것이었기에 외로움을 달래줄 여자를 찾는 소박한 프러포즈에 별로 마음이 동하지 않았던 것이다. 그래도 만약 그 무모한 총각이 제법 화려한 입담의 소유자였다면, 어쩌면 홀라당 넘어갔을지도 모르겠다. 아니, 적어도 이렇게 단칼에 자르지 않고 조금씩 '간'을 봐가면서 관계를 진전시켰을 수도.

그런데 꼭 이렇게 여운도 하나 없는, 무미건조한 거절이어야 했을까? 앞으론 좀 더 세련되게 퇴짜 놓는 방법을 연구해봐야겠다. 혹시 아나? 또 다른 무모한 총각이 걸려들지!

원조교제 비슷하게?
길거리 애정행각

- 많이 먹어요. 혼자 애 키우느라 힘들 텐데, 이럴 때 영양 보충해요.

- 네. 그런데 갑자기 웬일이세요?

- 나 어때요? 나, 오늘 좀 멋있게 보이고 싶은데.

- 왜요? 무슨 일 있어요?

- 사실 예전부터 이 말을 꼭 하고 싶었어요. 나, 어떻게 생각해요?

- 네? 그게 갑자기 무슨 말이에요?

- 당신이 좋아요. 마음에 들어요. 나랑 만날래요? 한 달에 두 번만 시간 내요. 같이 영화도 보고, 맛있는 것도 먹고, 드라이브도 다니고 그래요.

- ….

- 혼자 벌어 애 키우기 쉽지 않을 텐데, 혹시 돈이 필요하다면 보태줄 수도 있어요.

- ….

- 말만 해요. 도와줄게요.

하는 일이 비슷하고 생각하는 것도 비슷한 이들의 모임이 있다. 사람을 하나하나 깊이 알지는 못하지만 가끔 만나면 유쾌한 그런 모임. 화통한 성격과 화끈한 씀씀이로 모임의 감초 역할을 하던 그 사람, 집 근처라며 불러내기에 나갔더니 어쩐 일인지 다른 멤버들 없이 혼자였다. 게다가 성큼성큼 앞장서며 값비싼 식당에 자리를 잡더니, 호기롭게 가장 비싼 메뉴를 주문했다. 종업원 손에 팁까지 쥐어줘 가면서. 멋있는(뭘 좀 아는) 사내로 보이기 위한 3단계 전술이었던 건가.

오늘따라 어째 좀 이상하다 싶었는데, 아니나 다를까 파격적인 제안이었다. 필요하면 돈도 주겠다니, 이야말로 원조교제의 정의에 딱 부합되는 이야기 아닌가. 다만 그 대상이 상큼한 여학생이 아니라 늙수그레한 중년 여자라서 그렇지. 아, 영화와 식사와 드라이브까지만 이야기했으니 원조교제를 떠올린 건 나의 오버일 수도 있겠다.

뭐라고 대답해야 하나? 아니, 어떻게 거절해야 하나? 금전적 도움을 받으며 누군가의 애인 노릇을 한다는 것은 도저히 자존심이 허락지 않는 일이다. 설령 금전적 도움을 받지 않는다 해도 유부남을, 그것도 그다지 끌리지도 않는 남자를 귀한 시간 내가며 만날 이유가 무에 있냐 말이다. 이럴 땐 '세게' 나가는 게 낫다.

- 내가 그렇게 좋아요?
- 그럼! 좋으니까 이러죠.
- 내가 그렇게 좋으면 이혼하고 오세요.

- ….

- 이혼하고 오면 만날게요.

- ….

- 가정 있는 남자는 만나고 싶지 않네요. 남의 가정 깨는 '나쁜 년'은 되기 싫어요.

그는 '내가 그렇게 좋으면 이혼하고 오라'는 말에 묵묵부답이었다. 내가 주제 파악 못하고 떠드는 모습이 어이가 없어서 말문이 막힌 게 틀림없었다. 아마 속으로는 이렇게 뇌까렸는지 모른다. '내가 미쳤니, 이혼하고 너한테 가게? 네가 무슨 절세미인이라도 되니?'

아니, 어쩌면 이것일지도 모른다. '이혼? 사실 너 때문이 아니어도 늘 생각하고 있었어. 그런데 이혼이 보통 일이니? 걸리는 게 한두 가지여야지. 난 머리 아프고 귀찮은 건 딱 질색이거든.'

곰곰 생각해보면 어떤 경우든 그가 나한테 기대하는 건 딱 한 가지다. 그냥 같이 놀자는 거다. 오래 살 맞대고 산 마누라와는 이제 시들하고 재미없으니 밖에서 밀회를 즐길 사람을 찾는 거다. 가정은 가정대로 지키면서 재미는 재미대로 보겠다는 일타쌍피 전략인 셈.

나도 결혼생활, 해봐서 안다. 결혼생활에서 무슨 순정을 기대하겠나. 얼마 전 그 누군가는 "유부남은 사랑하면 안 돼요? 유부남은 사랑도 못 느끼는 줄 알아요? 유부남은 사랑하면 안 된다는 법이라도 있어요?"라며 당당하게 호소했더랬다. 귀 얇고 마음 약한 나는 그 말이 하도 그럴듯하게 들려 하마터면 "Why not?"이라고 할 뻔했지.

그가 왜 나를 '같이 놀' 상대로 점찍었을까? 왜 아가씨가 아닌 아줌마를 택

했을까? 연애감정 따위도 조금은 작용했을 거라고, 일단 믿자. 그래야 조금은 덜 비참해지니까…. 이런 문제는 그냥 원초적 수준에서 생각하면 답이 나온다.

　침묵을 지키던 그는 맥주잔만 연거푸 비워댔다.
　'이 고역스러운 자리를 어떻게 마무리 지어야 할 것인가.'
　머리가 지끈거리는데 때마침 그의 휴대폰이 울려댔다. 표정과 말투로 보아 와이프의 전화인 듯했다. 타이밍 한번 절묘한지고! 그녀의 전화로 인해 우리의 건전한 대화는 완전히 맥이 끊기고 말았다.
　더 이상 무슨 말이 필요하랴. 통화를 끝낸 그를 향해 고개만 까딱 하고 자리에서 일어섰다. 참담한 기분으로 식당 문을 열고 나와 우산을 펴들었다. 터벅터벅 몇 걸음 걷는데 갑자기 누군가 뒤에서 내 손을 낚아챘다. 그 바람에 우산이 저만치 나가떨어졌다. 곧 누군가 내 몸을 돌려세우고 거칠게 끌어안더니 키스를 퍼붓기 시작했다. 까칠한 수염의 감촉이 전해지면서 온 얼굴이 타액으로 도배가 되었다. 숨이 막혀왔다. 아무리 밀어내도 꿈쩍도 하지 않았다. 그의 우악스런 손길에 온몸이 포박되어 옴짝달싹할 수 없는 상태.
　행인들이 호기심 반, 비난 반의 눈길로 우리를 구경하며 지나갔다. 차라리 내 눈을 감아버렸더라면 몰랐을 것. 상대방은 '지금 이 순간'에 집중하는 듯 '지금 이 느낌'에 심취한 듯 눈을 감고 있는데, 나는, 내 눈은 그렇게 안 되고 있으니까. 그 옛날 라이처스 브라더스(The Righteous Brothers)가 'You've Lost That Loving Feeling'이라는 노래에서 "You never close your eyes anymore when I kiss your lips…"라고 읊어댔듯이, 애정 없는 접촉에 무슨 감흥이 있다고 눈이 감기겠는가.

행인들은 '흥분한' 중년 남녀가 망측하게 길거리에서 애정행각을 벌인다고 생각할 게 분명했다. 그 와중에도 누가 경찰에 신고라도 하면 어쩌나 싶어지면서 풍속사범으로, 그것도 현행범으로 연행되는 광경을 상상하니 머릿속이 아득해졌다.

얼마나 시간이 흘렀을까. 내 몸을 잡고 있는 손아귀의 힘이 풀리더니 그가 얼굴을 떼고 나를 애절하게 바라봤다. 무언가를 간절히 원하는 눈길로 말이다. 그 '무엇'이 '무엇'인지 직감했다.

지금이다! 뒤돌아서 뛰기 시작했다. 우산을 받쳐 든 사람들을 밀쳐내며 미친 듯이 달리기 시작했다. 욕망으로 달아오른 사내의 손길을 피해, 멀리 멀리.

무주공산 콤플렉스
두배로부동산 김 사장의 대시

- 이봐요, 가람 엄마!
- (돌아보며) 네?

오늘도 어김없이 길가에 나와 있는 부동산중개소 아저씨. 고개만 까딱하고 발걸음을 재촉하는데, 그가 날 불러 세운다.

안 만나려야 안 만날 수 없는, 어떻게든 마주칠 수밖에 없는 환경을 조성하는 이 치밀함과 부지런함, 정말 감탄스럽다. 문득 이 아저씨, 거미줄을 쳐놓고 먹이를 기다리는 거미 같다는 생각이 든다.

- 가람 엄마, 이번 주말에 시간 있어요?
- 네? 왜 그러시는데요?
- 오랜만에 설악산에 여행이나 갈까 하는데, 나랑 같이 갈 수 있어요? 내가

산을 잘 타거든. 내가 건강 하나는 자신 있어요.

- (경악) 네? 아뇨! 갈 수 없어요! 바빠서 먼저 가볼게요!

마음 같아선 뛰고 싶지만, 그러지 않았다. 천천히 걸었다. 애써 태연한 척하며. '침착하자! 침착하자!' 지금까지 아리송하던 모든 것들이 이제 분명해졌다. 우습기도 하고, 한편으론 어이없고 슬프기도 한 이 기분….

처음 이 동네에 집을 구하는 과정에서 알게 된 아저씨는, 우리 식구가 달랑 둘이라는 것을 알고는 조건 좋은 집을 소개해주겠다며 열심히 발품을 팔아줬다. 50대 후반쯤 되었을까? 푸근하고 소박한 인상은 '남 해롭게 할 사람은 아니'라는 믿음을 심어주기에 충분했다.

그렇게 해서 얻은 집은 그 중개소와 멀지 않았고, 아이는 날마다 등하굣길에 그 앞을 지나갔다. 그 아저씨는 퍽도 부지런해서 아침부터 화분들을 가게 밖에 내놓고 물을 주다가 아이가 지나가면 여지없이 불러 세워 어떨 때는 사탕이나 초콜릿을, 어떨 때는 방울토마토 한 움큼을 아이 손에 올려놓고 이렇게 말을 건네곤 했다.

- 가람아! 이거 학교 갖고 가서 친구들과 나눠 먹어라!

모자가 함께 외출할 때도 마찬가지여서, 길가에 서 있다 우리를 만나면 어찌나 반가워하는지 하루도 그냥 보내는 법이 없었다.

- 가람아! 엄마랑 어디 가니?

- 가람 엄마! 오늘 날씨 정말 좋죠?

지나치게 알은체를 하고 과도하게 친절한 것이 서서히 부담으로 다가오던 어느 날, 전화가 걸려왔다.

- 여보세요? 가람 엄마 휴대폰 맞죠?
- 네, 그런데 누구신지…?
- 나, 두배로부동산 김 사장이에요.
- 아, 네, 그런데 웬일이세요?
- 지금 이 근처 식당에 있는데, 이 집 고기가 아주 맛있네요. 아직 저녁 안 먹었으면 가람이 데리고 나오세요. 내가 사드릴게.

대략난감이다. 안 먹은 저녁밥이지만 먹었다고 거짓말을 하고 정중하게 전화를 끊었다. 난데없는 전화에 머릿속이 복잡한데 다시 전화벨이 울렸다.

- 그래도 일단 와서 먹어봐요. 정말 맛있다니까! 가람이가 잘 먹을 것 같아서 그래요!
- 생각해주시는 마음은 고맙지만 지금은 배가 너무 불러서 생각이 없네요.

이 정도면 알아들었겠지 싶은데 잠시 후 전화가 또 걸려왔다.

- 가람 엄마 나오기 싫으면 가람이만이라도 보내요! 가람이한테 꼭 먹이고 싶어서 그러니까! 내가 지금 식당 밖에 나가서 기다릴게요!

목소리에서 약간의 술기운이 느껴지는데다, 연이은 거절에도 작정한 듯 계속 전화를 해대는 폼이 예사롭지 않았다. 이 아저씨, 왜 이러는 걸까? 일단 순수한 의도로 해석하면 경우의 수는 두 가지로 좁혀진다. 가까운(혹은 가깝다고 생각하는) 이웃에 대한 단순한 호의이거나, 싱글맘 가정에 대한 배려(또는 동정?)의 표현이거나.

사실은 아이만이라도 보내라는 말에 잠시 흔들렸다. 아니, 헷갈렸다.

'그 집 고기가 정말 그렇게도 맛있나?'

이럴 때 이것저것 안 따지고 쪼르르 달려갈 수만 있다면 얼마나 속이 편할까! 그럴 수만 있다면 머리라도 아프지 않을 것을…. 고기 맛도 못 보고 머리만 아픈 이유는 딱 하나다. 돌싱이 되고 나서 생겨난 무주공산 콤플렉스 때문이다. '임자 없는 빈산은 먼저 차지하는 사람이 주인 아닌가! 돌싱녀를 대하는 남자들의 심리가 열에 여덟아홉은 그 짝인 듯해서다. 물론 정말로 진지한 감정을 품고 그러는 남자도 전혀 없진 않겠지만, 그런 순정남은 희귀종이므로 논외로 치고 말이다.

가끔 나를 만나겠다며 우리 동네로 찾아오는 남자들이 있었는데, 그들이 듣고 싶어 하는 이야기, 그들이 원하는 답을 들려준 적은 없었다. '혹시나' 하면서 설레는 마음으로 우리 동네를 방문했던 남정네들은 실망한 얼굴로 돌아가곤 했다. 하지만 소기의 목적을 달성하진 못했어도, 그 남정네들이 기꺼이 지갑을 열어 밥값, 커피값, 술값 등을 지불했으니, 그들 덕분에 우리 동네의 지역경제가 발전한 면도 조금은 있다고 위안 삼을 것인가.

가끔은 '아이'를 걸고넘어짐으로써 초점이 '어미'에게 맞춰진 것이 아닌 양

쇼를 하는 경우도 있는데, 이 아저씨가 그런 케이스 같은 거다. 그렇다고 매몰차게 굴자니, 그 아저씨가 아이의 이름은 물론 학교와 학년까지 알고 있다는 사실이 꺼림칙했다. 행여 나한테 앙심을 품고 아이한테 해코지라도 하면 큰일 아닌가. 그런 악질적인 인간으로는 보이지 않지만, 그래도 한 길 사람 속은 알 수 없는 것. 이런저런 걱정이 꼬리를 물고 일어나는데도, 그 아저씨와 마주 앉아 고기를 먹고 싶지는 않았다.

그날, 오지 않는 모자를 기다리던 그 아저씨는 고기는 됐다며 술이나 더 달라고 했을지 모르겠다. 혼자 사는 주제에 까칠하게 군다며 중얼중얼 내 흉을 봤을지도 모르겠고.

'고기 거절 사건' 이후 당장 크게 달라진 건 없었다. 아 참, 일주일쯤 후였던가 유난히 푹푹 찌던 어느 여름날, 이번에는 러닝셔츠 차림의 아저씨와 길거리에서 마주치고 말았다. 초로의 남자가 길거리에서 헐렁한 속옷 바람으로 부채질을 해대는 모습은 아주 가관이었다. 얼른 고개 돌려 외면하고 그 앞을 지나쳤다.

그런데 걸어가는 내내 등 뒤에서 어떤 기운이 느껴졌다! 누군가 내 뒷모습을 오래오래 보고 있는 느낌이랄까. 누군가 내 뒤태를 요모조모 뜯어보고 있는 느낌이랄까. 전체적으로 그런 기운이 몰려왔다! 그 시선에 의해 온몸이 발가벗겨지는 기분마저 들었다. 그 눈길의 임자가 누구였는지, 정확히는 모른다. 굳이 확인하고 싶지 않았으니까.

며칠 전에 그 광경이 내 눈에 띈 것도 순전히 우연이었다. 학교 끝나고 집에 오는 아이 손에 그 아저씨가 돈을 쥐어주던 그 광경 말이다. 아저씨는 얼굴 가득 사람 좋은 웃음을 지으면서 다정하게 아이를 불렀다.

- 가람아, 학교 갔다 오니? 이걸로 맛있는 것 사먹어라!

아이는 절반은 당황한 얼굴, 절반은 '이게 웬 떡이냐' 하는 얼굴로 미적거리며 돈을 받고 있었다.

- 고맙습니다.
- 그래그래! 공부 열심히 해라! 껄껄.

그 순간 아저씨가 아이에게 건네던 지폐 몇 장이, 우습지만 뇌물 비슷하게 보였다는 것도 고백해야겠다.

'설마 아이의 환심을 사려고 저러는 건 아니겠지? 대체 왜? 내가 혼자 사는 걸 알고, 어떻게 한번 해보려고? 에이, 설마 나한테 그런 생각을 품겠어?'

어른들이 꼬마들에게 과잣값이나 쥐어주는 그런 것이려니, 너무 예민하게 생각지 말자 했다. '내 마음의 평화'를 위해서도 그렇게 결론짓는 것이 나았다. 그런데 오늘, 나에게 자기의 건강상태를 과시하며 주말에 같이 여행을 가자고 한 오늘, 지금까지 긴가민가해 왔던 모든 의문들이 명명백백하게 해소된 거다. 초점은 '아이'가 아닌 '어미'에게 맞춰져 있었다는 것.

오늘부터 당장 귀갓길이 좀 고단해지게 생겼다. 아저씨와 마주치지 않으려면 중개소 앞을 피해서 멀리 돌아가야 하니 말이다. 그 아저씨를 더 이상 보고 싶지 않아서이기도 하지만, 그 아저씨의 눈에 더 이상 띄고 싶지 않아서이기도 하다. 그 아저씨의 눈에 내가 어떤 대상으로 보이는지 똑똑히 알게 된 이상, 더는 그런 기회를 만들어주고 싶지 않아서다.

그 아저씨가 내게 '대시 비슷한 것'을 한 것이 가당치도 않게 느껴졌다거나 뭐 그런 것은 아니다. 그 아저씨의 '대시 비슷한 것'에 펄쩍펄쩍 뛰며 불쾌해한다면 그것도 좀 웃기는 일이다. '40대 초반의 여자'가 '50대 후반의 남자'에게 있어 감히 넘봐선 안 될 '마님' 같은 존재라도 되나? 나이 차이가 좀 많이 나긴 하지만 그렇다고 해서 젊은 쪽이 '갑'처럼 행세하고 나이 든 쪽이 '을'처럼 굴어야 할 이유는 없다.

문제는 나이가 아니고 취향이다. 그가 내 취향의 이성이 아니라는 것, 그렇기에 이웃 이상의 관계는 원치 않는다는 것뿐.

그나저나 이삿짐을 또 싸는 일이 없으려면 어떻게든 이 동네에서 그 아저씨와 평화롭게(아무 일도 없었던 것처럼) 공존해야 할 텐데!

거울도 안 보는 여자
안 하면 못 하게 된다네

소희 언니는 커피숍의 통유리 너머로 바깥 풍경을 내다보고 있었다. 몇 달 못 본 새에 달라진 듯한 인상은 머리 스타일 때문인가? 머리를 짧게 쳐버린 탓인지 전보다 좀 나이가 들어 보이는 것도 같고, 찬찬히 뜯어보니 눈가주름도 좀 늘어난 것 같다. 이따 가는 길에 고농축 아이크림이라도 사서 하나씩 나눠 가질까 보다. 40대. 젊지도 늙지도 않은 때지만, 관리만 잘하면 아직은 그래도 젊은 축에 든다고 우겨볼 수 있는 나이다. 그러니 자식 뒷바라지만 신경 쓰지 말고 지금부터라도 관리 좀 하라고(하자고) 말이다. 그런데 이야기를 들어보니 언니의 고민거리는 눈가주름 정도가 아니었다.

- 그래서 내가 얼마나 놀랐겠니? 이 나이에 벌써 폐경기 증상이 왔으니 말이야. 내 또래 중에는 아직 폐경 온 사람 없거든.
- 그랬겠네. 그래서 어떻게 했어?

- 도저히 불안해서 안 되겠더라. 병이라도 있는 건가 싶어 병원에 갔지.

- 잘했어. 의사가 뭐래?

- 혼자 산 지 오래 되었다고, 애인도 계속 없었다고 했더니 의사가 심각한 얼굴로 말하더라. 내 성생활에 문제가 있는 거라면서, 계속 이렇게 살면 큰일 난대. 지금 안 하면 영원히 못 하게 된대. 그러면서 빨리 결단을 내리라는 거야.

- 결단? 무슨 결단?

- 지나가는 남자 있으면 아무나 어디라도 데리고 들어가서 같이 자래.

- 뭐?

기상천외한 처방에 웃음이 터져 나왔다. 아니, 환자 상태가 얼마나 절박하면 의사 입에서 그런 말이 나왔을까? 아니, 어쩌면 속이 시커먼 불량의사였는지도 모른다. 진단과 치료를 빙자해 환자들에게 성적 수치심을 안겨주면서 자신의 욕구를 충족시키는 변태의사 말이다.

- 그 의사, 남자였지? 언니를 성희롱한 것 아냐? 나쁜 놈 같으니라고! 대체 어느 병원이야? 혹시 자기랑 자자는 얘기는 안 했어? 그런 놈은 당장 신고해야 돼!

- 아냐, 그 의사 여자였어.

- 뭐, 여자?

10년차 돌싱 소희 언니의 절절한 고백이 이어졌다.

- 그 말을 듣는데, 뒤통수를 망치로 한 대 맞은 것처럼 멍하더라. 집에 오는데 몸이 다 휘청거리더라니까.

- 그랬겠네. 충격적인 이야기이긴 해.

- 집에 오는 내내 너무 우울하더라. '나'라는 여자가 너무 불쌍하고….

- 그래, 언니는 그동안 딸내미 하나 바라보고 살았잖아. 언니 인생은 없었던 거지, 뭐. 그런데 그동안 마음에 든 남자가 정말 한 명도 없었어?

- 호감 가는 사람이 없진 않았지. 하지만 혼자 아이를 키우는 상황에서 누군가를 만난다는 게 내키지 않더라. 그래서 남자들이 접근해오면 무조건 거부했어.

- 왜?

- 누군가를 좋아하게 되면 그 사람한테 완전히 빠져버릴 것 같았어. 아이와 둘이서 만들어온 생활이 무너져버릴 것 같았지. 그게 두려워서 아무도 못 만나겠더라고.

알 것 같았다. 그게 어떤 두려움인지…. 그렇게 지금의 생활이 무너질 때 아이가 받게 될 또 다른 상처가 눈에 보이는데 어떻게 '남자'를 만날 생각을 한단 말인가.

- 10년을 그렇게 살아왔더니, 결국 몸에도 한계가 온 건가 봐.

- 몸이 스스로 알아서 작동을 멈춘 거지 뭐. 우리 몸이, '안 하면 못 하게 된다'는 것, 나도 오늘 처음 알았네.

- 신영아! 우리가 새파란 청춘은 아니지만, 그래도 아직은 한창 나이 아니니? 이 나이에 벌써 이렇게 고목처럼 말라 비틀어져야 되느냐고! 나, 너무 억

울해!

　- 그 대신 딸내미 잘 키웠으니까 너무 억울해 하지 마. 이제라도 고목에 꽃을 피우면 되지!

　- 그래, 나 이젠 달라질 거야. 앞으로 기회 있는 대로, 힘닿는 대로 열심히 연애할 거야. 나, 말리지 마!

　- 말리긴 누가 말려!

　- 너도 명심해! 나처럼 되지 말고!

　소희 언니와 헤어져 돌아오는 길, 몸이 휘청거리긴 나도 마찬가지였다. 이건 아이크림 정도로 해결될 문제가 아니었다. 의사의 긴급처방은 소희 언니에게 충격요법으로 작용했고, 그 충격파는 한 다리 건너 나에게까지 전해졌다. 몇 년 후의 내 모습은 곧 지금의 소희 언니 판박이일 텐데, 지금 내 심신의 연애세포들은 과연 안녕할까? 몇 년째 놀고 있는 그것들, 어쩌면 이미 하나씩 고사 단계에 접어들었는지도 모를 일이다.

　- 내가 외로울 새가 어디 있어!

　- 남자? 아유, 남자라면 지긋지긋해!

　남들이 외롭지 않느냐고 물어올 때면 난 이렇게 연막을 치고는 했다. 정말 너무나 바빠서 외로움을 느낄 겨를이 없는 것처럼, 정말 남자라는 족속은 상종도 하기 싫은 것처럼 연기를 해보이곤 했다. 독수공방한다는 이유로 동정받고 싶지 않아서, 외로움 타는 여자로 보이기 싫어서, 쓸쓸한 속마음을 들키기 싫어서.

사실, 그렇게 사는 것도 나쁘지만은 않았다. 로맨틱한 긴장감도 없고, 아름다운 구속도 없고, 팽팽한 애증의 공방도 없으니 얼마나 평화롭던지! 그런데 그 평화로움은 곧 맹물 같은 밍밍함이기도 했다. 생동감도 감미로운 자극도 전혀 없는 시공간은 달의 뒷면처럼 고요하기까지 하고, 그 안에서 나는 무성애적 존재로 자리 잡아가는 중이었다.

그래서 때로는 나 자신이 '여자'라는 사실조차 망각하기 일쑤다. 누군가에게 매력적으로 보이고 싶었던 적이 언제였던가? 그 유명한 '거울도 안 보는 여자'가 바로 여기 있었다! 나날이 처지는 얼굴에 간단한 마사지 정도는 해줄 법도 하건만, 윤기 잃은 피부에 보습크림 발라주는 건 기본이건만, 뱃살과 팔뚝살을 빼려면 다이어트는 필수건만, 흐트러진 보디라인을 감추려면 보정 속옷 정도는 입어줘야 하건만, 낡은 속옷들은 얼른얼른 개비해야 하건만, 마냥 내버려두고 있었다! 내면을 가꾸기 바빠서는 절대 아니고…. 그런데, 그래서는 안 되는 거였다!

자기처럼 되지 말라던 소희 언니의 충고를 아프게 받아들여서 이제부터라도 활동을 개시해야 할 것 같은데, 신중한 돌싱녀답게 또 걱정부터 앞서기 시작한다. 사람은 대개 자기가 좋아하는 이성 상이 있어서, 매번 비슷한 이성에게 끌리는 경향이 있지 않은가 말이다. 그러니 내 입장에서는 나도 모르게 무의식적으로 전남편과 비슷한 남자를 또 만나게 될 수 있다는 얘기다. 이 또한, 취향이란 것이 쉽게 바뀌는 게 아니다 보니 생겨나는 일이다. 에잇, 그놈의 융통성 없는 취향 같으니라고.

게다가 드라마 속 돌싱녀들의 엄청난 성취(?)를 보고 있노라면, 연애를 시작도 해보기 전에 의욕부터 꺾이게 된다.

불운하지만 능력은 좀 있는 이혼녀가 잘나가는 남자와 우연히 엮여 '밀당'

을 벌이다 사랑도 이루고 출세도 한다. 또는 흠잡을 데 없는 총각이 홀딱 반해 결혼을 구걸하고, 그녀는 망설이며 총각의 애를 태우다 결국 청혼을 받아들인다.

이렇게 꿈같은 이야기를 들려주는 작가들의 성의를 봐서라도 희망을 갖고 영차영차 힘을 내야 할 텐데, 이를 어쩌나. 현실에서는 좀처럼 일어나기 힘든 일들인 것을. 드라마 속의 그녀들에게는 예외 없이 '하자'를 커버해주고도 남을 만큼의 든든한 자원이 있기 마련이다. 그리고 그 자원은 '사랑스러움과 여성스러움이 가미된 눈부신 외모'인 경우가 대부분이다.

어쩌라고….

그나저나, 갑자기 연애 의지가 불타오르기 시작한 소희 언니가 걱정되려고 한다. 연애라는 행위가, 남자친구라는 존재가, 무슨 엄청난 위력을 지닌 절대반지나 되는 것처럼 여기는 것은 또 얼마나 위험한 일이냔 말이다. (소희 언니, 부디 살살 하세요!)

식색동원(食色同源)의 이치
결식 아줌마의 과대망상

- 애인이 없다고? 혼자 산 지 꽤 됐잖아?

- 정말 없어? 안아주는 남자가 하나는 있어야지! 내가 소개해줄까?

- 아냐, 소개해주지 마. 나는 어때? 나, 아직 쓸 만한데!

- 네가 애인 노릇하게? 히히. 그나저나 애인 없는 돌싱들은 외로워서 어떻게 사나 몰라.

- 그러게. 어떻게 해결하지? 그냥 굶는 건가?

- 혹시 성인용품 쓰나? 내가 사줄까? 어떤 걸로 사줄까?

분하고 분하도다. 이런 무례한 이야기를 듣고도 꿀 먹은 벙어리처럼 말 한 마디 쏘아붙이지 못했으니. 사람이 너무 당황해도 이렇게 바보가 되나 보다. 입 거칠고 야한 농담 좋아하는 이들에게 돌싱녀는 딱 좋은 먹잇감인가. 성희롱을 해도 쫓아와서 멱살잡이할 남편이 있는 것도 아니니.

내가 굶는지 안 굶는지 궁금해하던 그들, 다른 남자들처럼 노골적으로 지분거리지 않아서 점잖은 축에 속하는 줄 알았더니, 나를 대할 때마다 머릿속으로 상상의 나래를 폈던가 보다. 자기들 마음대로 남의 사생활을 이리저리 상상해본 것은 물론이고, 각자 '구상'도 해본 눈치들이었다. 애인 없는 돌싱녀라니까 일단 장기적인 '결식' 상태로 판단하고 말이다. 그래, 세상에는 결식아동만 있는 게 아니었다! 먹어야 할 것을 못 먹고 사는 결식 어른들도 차고 넘치는 세상인 거다!

내내 잠 못 이루고 씩씩거리다 결국 자리에서 일어나고 말았다.

불을 켜고 화장대 앞에 앉아 거울 속의 내 얼굴을 찬찬히 뜯어봤다. 혹시라도 얼굴에 '고픈' 기색이 있어 보이나? 혹시라도 '굶주려' 보이는 얼굴빛인가? 그들이 나에게 그런 모욕적인 말을 거리낌 없이 내뱉을 수 있었던 것이, 혹시 내 표정에 궁기(窮氣)라도 흘렀기 때문일까?

식색동원(食色同源)이라던가. 인간의 생존과 영속을 가능케 하는 원초적 욕구인 식(食)과 색(色)은 마치 동전의 양면처럼 그 뿌리가 같다는 말이다. '먹다', '따먹다' 등 성적 행위를 먹는 행위에 비유하는 표현이 많은 것도 그 때문일 게다.

여자가 몸도 마음도 굶주린 상태일 거라는 확신이 들면, 어떤 남자들은 그녀의 결식 상태를 해소해주고 싶다는 자비심이 싹트는 모양이다. 그 언제였던가, 이웃집 남자의 전격적인 방문도 그런 휴머니즘의 발로였겠지. 그날 한밤중에 찾아온 이웃집 남자는 술 취한 목소리로 이렇게 말했었다.

- 들어가도 돼요? 딸꾹! 지금 우리 집에 마누라 없거든요. 딸꾹!

- 네? 어머머, 별일이야!

이웃집이라며 '할 얘기가 있다'는 말에 무방비 상태로 문을 열었다가 기함하고 말았다. 수풀에서 뱀이라도 만난 듯 소름이 쫙 끼쳐왔다. 얼른 현관문을 닫고 이중삼중으로 잠금장치를 걸어놓고는 안방에 숨었다. 다시 이 방저 방 다니며 창문까지 철저히 단속하고 나서는 밤새 방 안에 웅크리고 숨어있었다.

그때 내가 살던 곳은 소규모 공동주택. 조금만 눈여겨보면 이웃집의 가족관계를 눈치 챌 수 있었는데, 그 남자, 우리 집에 성인 남자가 없다는 것을 일찌감치 파악한 모양이었다. 어느 겨울날 수도관이 동파되어 집집마다 난리가 났을 때, 내가 부탁도 안 했는데 헤어드라이어를 들고 와서 우리 집 수도관을 해결해주고 간 걸 보면 말이다. 어린 딸 하나를 키우던 그 부부는 둘다 나보다 어린 듯했고, 남편이나 아내나 착하고 소박해 보였더랬다. 그랬건만… 생각할수록 불쾌하고 괘씸했다.

그날 밤 그런 일을 겪고 나서 며칠 후 길에서 그 아내와 우연히 마주쳤다. 보통 때처럼 가벼운 인사를 나누며 지나치는데, 마치 내가 그 집 남편과 몰래 불륜이라도 저지른 것처럼 가슴이 콩닥거렸다. 딱히 잘못한 것도 없으면서 뭔가 죄를 지은 것만 같은 그 요상한 기분의 정체는 뭐였는지.

생각해 보니 비슷한 일이 또 있었던 것 같다. 그날도 누군가 현관문을 두드려댔는데, 차이점이 있다면 이번에는 한밤중이 아니고 이른 아침이었다는 것 정도? 시끄러운 소리에 놀라 눈을 떠보니 어떤 남자가 혀 꼬부라진 목소리로 이렇게 고래고래 소리 지르고 있었다. 가끔은 발로 문을 차기도 하면서.

- 문 열어! 문 열어! 빨리 문 열란 말이야!

대체 누구? 아침부터 남의 집 앞에서 소란을 떠는 걸 보니, 혼이 정상이 아
닌 게 분명했다. 이런 '비정상'은 또 어떻게 퇴치해야 한단 말인가. 비슷하게
생긴 건물들이 다닥다닥 붙어있는 동네다 보니, 건물을 혼동했을 가능성이
높았다. 외박을 하고 나서 피곤한 몸으로 귀가했는데, 마누라가 뿔이 나서
문을 안 열어주는 줄 아는 모양이었다.

쫓아내겠다고 괜히 문이라도 열었다간 무슨 봉변을 당할지 몰랐다. 경찰
에 신고를 하려는데 갑자기 바깥이 조용해졌다. 혹시라도 제정신이 돌아와
자리 털고 일어나는 중인가? 불안해하는 아이를 다독이며 한숨 돌리려는 순
간, 문 열라는 타령이 다시 시작되었다. 도저히 안 되겠다 싶어 112 버튼을 누
르려는데 반전이 시작되었다.

- 거, 아침부터 뭐하는 거요? 동네 시끄럽게!
- 당신 누구요? 처음 보는 사람인데? 여기 주민 아니지!

난데없는 소란에 신경질이 난 위아래층 사람들이 튀어나온 모양이었다. 경
찰 부르기 전에 당장 가라고 남자 두엇이 윽박지르자, '문 열라'는 소리가 조
금씩 잦아들더니 차츰 멀어지기 시작했다. 비틀거리는 발자국 소리와 함께.

사태가 수습되는 눈치라 문을 빠끔히 열어봤더니, 위아래층 남자들이 '각
자 위치로!' 해산 중이었다. (어찌 되었든) 원인 제공자로서 미안한 감은 있어

뒤통수에 대고 조그맣게 외쳤다.

- 감사합니다!

남자들이 돌아보며 멋쩍게 웃자, 나는 그들보다 더 멋쩍은 웃음을 지어보이고 얼른 문 안으로 몸을 숨겼다. 이런 황당하고 코믹한 시추에이션이라니! 누가 아침부터 집까지 찾아와서 문 열라고 소리칠 일이 없건만, 이웃들은 이 사태에 대해 어떻게 생각할지 알 수 없는 노릇이었다.

[결식 상태의 아줌마가 굶주림을 견디지 못하고 허겁지겁 남자를 만남 ⇒ 허겁지겁 만나다 보니 이상한 놈팡이한테 걸림 ⇒ 아줌마는 관계를 정리하려고 하는데 뜻대로 안 됨 ⇒ 아줌마, 집까지 찾아온 놈팡이한테 시달림.]

약간의 상상력을 보태면 대충 이런 스토리가 나온다. 뒤에서 수군거리기 딱 좋은 이야깃거리인 셈이다. 만약 그 비정상이 혹시 또 집을 헷갈려 한 번 더 찾아왔더라면 이웃들로부터 나의 '숨겨둔 남자'로 공인받았을지도 모르는 일이다.

그런데 생각해보면 이런 것도 다 망상인 거다. '결식 아줌마'의 자격지심에서 비롯되는 과대망상.

- 얘! 청승 떨지 말고 만나! 사이코나 변태만 아니면 일단 만나! 몸뚱이 아낄 필요 없다니까! 우리 몸도 다 '기쁨을 아는 몸'이잖아! 왜 우리만 조선시대 청상과부들처럼 살아야 돼?

며칠 전에 다시 만난 소희 언니 입에서는 '몸뚱이 아낄 필요 없다'는 명언이 튀어나왔다. 늦게 배운 도둑질에 날 새는 줄 모른다고, 소희 언니는 심지어 양다리도 걸치는 모양이었다. 그동안의 심심했던 세월을 보상이라도 받겠다는 듯 부지런히 달리고 있는 소희 언니. 갑작스러운 폭식이 부작용을 초래하지는 않을지 걱정스러워진다. 그러니, 과식이나 폭식보다는 차라리 결식이 나으려나?

사실 매끼 챙겨 먹고 사는 이가 얼마나 되던가. 입맛 없어서 굶기도 하고, 귀찮아서 안 먹기도 하고, 오래오래 살겠다며 단식도 하지 않던가. 어디 그뿐인가. 일부러 적게 먹는 소식파도 있고, 집밥보다 외식을 즐기는 매식파도 흔해 빠지지 않았느냐 말이다.

아무튼 잘 먹고 잘 사는 사람들, 과식하고 부디 배탈이나 나지 말길! 그리고 남이야 밥을 먹든 말든 신경 좀 꺼주길!

태풍의 눈을 빠져나와
그를 만나다 1

- 그럼 이제부터 어떻게 부를까? 어떻게 불러주면 좋겠어?

- 나야 '오빠'라고 불러주면 좋지.

- 오빠?

생각지도 못한 대답에 까르르 웃음이 터져 나왔다. 나이 마흔 줄에 '오빠! 오빠!' 하려면 손발이 오글거리기야 하겠지만, '특별한 사람'을 위해서라면 어려운 일도 아니지. 우리 사회의 '오빠'라는 호칭에 담긴 정치·사회·문화적 함의와 그에 대한 일각의 비판은 일단 뒤로 하고….

얼마 전 지인들과의 자리에서 처음 만난 그 사람. 다들 시끌벅적 웃고 떠드는 중에도 말없이 혼자 술잔만 기울이던 그 사람. 가끔 그의 눈길이 나를 향하는 것이 느껴졌고, 나도 그 눈길을 피하지 않았다. 그는 그날 이후 조심스럽게 호감을 표현해왔다. 매일 메신저로 안부를 묻던 그는 어느 날, 모종의 결심이라도 한 듯 뜸을 들이더니 주말에 같이 영화를 보러 가지 않겠느냐고, 아주 조심스럽게 물어왔다. 그도 나만큼이나 신중한 돌싱남인 듯.

- 너도 명심해! 나처럼 되지 말고!

그 순간 떠오른 건 소희 언니의 절규 비슷한 당부였다. 그녀의 전철을 밟지 않기 위해서라도 연애를 하긴 해야 하는 건가? 밤마다 외로움에 몸서리를 치는 것도 아니고, 생활에 딱히 불편한 것도 없는데 단지 성기능의 유지·보전을 위해서? 그것은 나의 몸뚱이를 위해 남의 몸뚱이를 이용하는 것이니 상대에 대한 예의도 아닐뿐더러, 그렇게까지 하면서 성기능을 유지·보전하고 싶다는 생각은 들지 않았다. 게다가 성기능의 유지·보전은 거저 얻어지는 것이 아니기에, 몸뚱이를 굴리기 위해서는 시간과 비용과 에너지를 투자해야 되지 않는가 말이다. 고로, 애 키우며 먹고살기 바쁜 싱글맘에게 연애는 사치인 것을.

머릿속에서는 이처럼 저항이 싹트고 있었지만 가슴속은 사정이 또 달랐다. 지금껏 한눈팔지 않고 열심히 살아왔는데, 남들 눈에 추하게 보이지만 않는다면 이제는 누군가와 교감하며 살면 안 될까? 이제부터라도 그 누군가와 서로 마음껏 좋아하며 살면 안 될까?

신중한 돌싱남의 데이트 신청은 연애 무풍지대에 살고 있던 돌싱녀의 평온한 일상에 균열을 가져왔다. 갑자기 판도라의 상자라도 열린 것처럼 감정들이 되살아날 조짐을 보인 거다.

'내게 다시 사랑이 찾아올까? 푸르른 시절의 그 설레던 감정을 다시 느낄 수 있을까? 진정 서로 아껴주고 믿어주는, 그런 소중한 사람을 만날 수 있을까? 혹시 이 사람이 그 사람일까?'

- 영화요? 어떤 영화요?

그렇게 '태풍의 눈'을 빠져나오자마자 폭풍우가 몰아치기 시작했다. 달콤한 폭풍우가!

자기 개시의 타이밍
그를 만나다 2

- 사람들이 나더러, 연애하더니 얼굴이 폈다고 하던데? 요즘엔 하루하루 사는 맛이 난다니까! 이 나이에 이런 감정을 다시 느끼게 될 줄은 몰랐어. 다 신영이 덕분이야. 고마워.

- 아냐 오빠, 나야말로 고마워.

서로가 서로에게 고마워한다면, 남녀가 그런 관계라면 이보다 더 좋을 수 없는 거다. 퇴근길에 집 근처로 찾아온 '오빠'는 밑반찬 꾸러미를 받아들고는 꽤나 감격스러워하는 눈치였다. 가람이 아닌 다른 사람을 위해 음식을 준비해본 것이 얼마 만인지….

같은 돌싱 행성 출신의 화석(化石)남과 화석(化石)녀는 서로 닿자마자 엄청난 마찰열을 내기 시작했다. 고사 직전의 연애세포들이 부활이라도 했는지,

냉동된 고기처럼 딱딱하던 내 몸과 맘도 젤리처럼 말랑말랑해지고 있었다. 피부 결이 고와졌다거나 몰라보게 예뻐졌다는 인사를 듣게 된 것도 장기간의 결식 상태에서 벗어난 것과 무관하지 않으리라.

가람이가 아빠를 만나러 가는 날은 내가 오빠를 만나는 날이기도 했다. 데이트 프로그램은 무궁무진했다. 우리는 손잡고 다정히 둘레길을 걷고, 한강변을 따라 드라이브를 하고, 맛집을 돌아다니고, 공연장과 전시장을 들락거리며 부지런히 정분을 쌓았다. 헤어져 집에 오는 길엔 '잘 자라'는 메시지와 함께 근사한 영상과 앙증맞은 이모티콘이 줄줄이 전송되어 왔고, 아침에 눈을 떠보면 '잘 잤느냐'는 달콤한 메시지가 일찌감치 도착해 있었다.

오빠는 혼자서 가람이를 키우는 내 사정을 십분 이해하고 배려해줬다. 보고 싶을 때 볼 수 없고 만나고 싶을 때 만날 수 없는 상황에 짜증이 날 법도 하건만, 오빠는 결코 그런 내색을 하지 않았다. 오프라인의 결핍은 온라인으로 채울 수밖에 없으니, 폰카와 메신저는 원격연애의 유용한 도구가 되어주었다. 우리는 수시로 셀카를 찍어 주고받았다. 처음에는 얼굴 사진이 주를 이뤘지만, 나중에는 신체 여기저기 다양한 부위를 다양한 각도에서 찍어댄 코믹(또는 에로틱?) 셀카도 교환했다.

원래 사랑에 빠지면 유치해지는 게 정상이다. 40대 아저씨 아줌마들이나 20대 처녀 총각들이나 유치찬란하기는 매일반인 것을. 아! 차이가 전혀 없지는 않다. 젊은 연인들은 기념일이면 서로 초콜릿을 주네, 선물을 주네, 이벤트를 하네 하며 정신이 없지만 중년의 연인들은 그런 행사에 비교적 초연하다는 것. 왜일까? 나이가 들어 귀차니즘이 발동하는 탓일 수도 있겠으나, 일단 돌싱들은 결혼까지 감행할 정도로 누군가를 사랑해봤고 또 그 사랑이

처절히 깨지는 경험도 해봤기에 다시 연애감정을 느낀다 해도 한없이 조심스러운 거다. 이혼으로 인해 자존감에 상처를 입은 탓일까? 실제로, 사람에 따라서는 '너무 소심해졌다'는 말을 들을 정도로 큰 변화를 겪기도 한다. 아마도 이것이 실패한 과거를 가져본 적 없는 처녀 총각들과 돌싱 연인들의 결정적 차이이리라.

그래도 중년의 연인들은 조용히, 나름대로, 둘만의 페이스를 유지해가며 로맨틱한 생활을 영위해간다. 독거 남친을 위해 아줌마 여친이 밑반찬을 챙겨주는 식의 실용주의 로맨스, 남친이 자기 아이들에게 보낼 선물을 사면서 여친의 아이를 위한 선물도 같이 사는 식의 사해동포주의 로맨스 말이다. (남친의 두 아이는 엄마가 키우고 있다 했다.)

그런데 오빠는, 내가 남편과 왜 헤어졌는지 궁금할 법도 하건만 이혼 사유를 묻는 법이 없었다. 과거를 묻지 않는 남자. 역시 매너도 좋군. 그런데 혹시 다른 이유가 있어서는 아니겠지?

'혹시 내게 질문할 타이밍을 놓쳐서 그런 건 아닌가?'
'설마 내게 관심이 없어서?'
'혹시 내가 먼저 털어놓기를 기다리는 건가?'

그런데 그가 묻지 않으니, 나도 그에게 물을 수가 없다. 그 사람의 성격, 성향, 가치관, 관심사, 가족관계, 어린 시절, 사회경력, 식성, 기호, 자잘한 습관들까지는 파악했지만 그 사람의 전처가 어떤 사람이었고 왜 둘이 헤어지게 되었는지는 아직 알지 못한다. 뭐, 어느 정도의 추리는 가능하지만….

그런데 계속 이렇게 몰라도 되는 걸까? 서로의 상처를 건드리지 않기 위한 배려도 중요하지만, 두 사람의 관계가 진전되기 위해서는 반드시 넘어야 할 산이 있지 않은가. 하물며 서로가 진지한 감정으로 만난다면 더더욱 그러하다. 피차 무슨 아름다운 스토리를 기대하겠는가. 다만, 각자 지나온 세월을, 그 슬프고 아픈 기억들을 서로에게 솔직하게 고백할 필요는 있지 않겠느냐는 거다.

물론 너무 세세하게 말할 필요는 없으리라. 또, 두 사람이 얼마나 열렬히 사랑했었는지도, 두 사람이 얼마나 행복했었는지도…. 그저 '지금의 나'를 상대방에게 이해시키기 위해 꼭 필요한 범위 내에서만 이야기하면 되는 것 아닐까?

인간관계에서 상대방에게 자신을 솔직하게 드러내는 것을 가리켜 '자기 개시'(Self-disclosure)라고 한다던가. 상대방과 어느 정도 친해졌다 싶을 때 자기의 약점이나 결점, 남들에게 감추고 싶었던 부분을 솔직하게 털어놓는 것 말이다. 연애 중인 남녀도 마찬가지라서 한 쪽에서 먼저 자기 개시를 하면 다른 쪽에선 그에 대해 반응을 나타내게 된다. 그에 대한 반응은 두 가지다. 자기도 같이 자기 개시를 하거나, 아니면 안 하거나.

만약 자기 개시가 이쪽, 저쪽 연달아 이루어진다면 두 사람의 상호 이해도와 친밀감도 그만큼 높아지게 될 테지만, 만약 저쪽에서 호응하지 않는다면, 글쎄?

다음번 만남에서는 자연스럽게 이야기를 풀어가 보련다. 아무래도 성질 급한 내가 먼저 자기 개시를 하게 되겠지.

우리는 '너무' 늦게 만난 거야
그를 만나다 3

- 엄마, 혹시 재혼할 거예요?

- 재혼? 안 할 건데? 그런데 가람아, 왜 갑자기 그런 걸 물어?

- 그냥요.

- 엄마가 재혼할 생각이었으면 진작 했지. 호호. 지금은 하고 싶어도 못 하니까 걱정하지 마.

- 아녜요, 어쩌면 지금도 마음만 먹으면 할 수 있을 거예요.

- 뭐?

- 엄마가 재혼하면 정말 내 성이 바뀌어요? 그러면 친구들이 놀릴 텐데…. 엄마, 난 내 성이 안 바뀌었으면 좋겠어요. 그런 일이 안 일어났으면 좋겠어요.

- 가람아! 갑자기 왜 그래?

- 그리고 엄마가 재혼한다고 하면 엄마를 뺏기는 느낌이 들 것 같아요. 하지 말아요.

- 아이고, 걱정 마세요! 재혼 생각, 꿈에도 없으니까!

애가 이혼이라는 말은 물론이고 재혼이라는 말까지도 알고 있었다. 요즘 초등생 남자아이들의 어휘 수준을 과소평가했다가는 큰코다치겠다 싶다.

아이가 왜 갑자기 그런 말을 꺼냈을까? 왜 그런 생각을 하게 되었을까? 가끔씩 '개헌론'이 우리 사회의 정치판을 뒤흔들어놓는 것처럼 아이가 불쑥 꺼낸 '재혼론'은 내 머릿속을 헝클어놓았다. 재혼이라… 불안, 우려, 기대, 의심, 희망, 실망 등등 복잡다단한 감정들이 자동적으로 연관검색어처럼 떠올랐다.

'오빠'의 존재는 아이에게 철저히 비밀에 부쳐왔건만 혹시 눈치를 챈 것인가? 아이 눈에 수상하게 보였음직한 행동들을 되짚어봤다. 완전히 개방되어 있던 엄마의 휴대폰 일부 기능에 언제부턴가 암호가 설정된 것? 가끔은, 엄마가 걸려오는 전화를 받으러 밖으로 나가는 것 등등. 만약 눈치 빠르고 조숙한 여자아이였더라면 이 정도만으로도 감을 잡았을지 모른다.

도둑이 제 발 저린다고, 전전긍긍 아이의 눈치를 살폈다. 알고 보니 학교 친구 중에 부모의 재혼으로 성이 바뀐 애가 있었던 모양이다. 가람이가 뭘(?) 알고 물어본 것은 아니었구나 싶어 안심이 되면서도 찜찜한 기분은 가시지 않았다.

사실 '오빠'와 가까워지면서부터 그런 상상을 안 해본 것은 아니다. 둘이 부부가 되어 세 아이와 단란하게 사는 모습을 말이다. 그런데 상상의 나래를 펴다 보면, 어디서 많이 본 듯한 광경들이 머릿속에 그려지곤 했다.

장면1) 졸지에 삼남매가 된 세 아이가 끊임없이 티격태격한다. 특히 가람이가 두 아이로부터 집중 공격을 당한다. → 난감해하는 나와 그 사람. 일단 각자 자기 아이(들)부터 야단치며 수습해보지만 실패하고, 결국 부부싸움을 벌인다.

장면2) 삼남매가 돌아가며 속을 썩인다. 반항은 기본이고 한두 놈은 가출도 한다. → 한숨을 푹푹 쉬는 나와 그 사람, 집 나간 애를 찾겠다며 거리를 헤매다 허탕치고 돌아오고, 결국 부부싸움을 벌인다.

장면3) 그 사람의 전처가 아이들을 '새엄마' 밑에서 자라게 할 수 없다며 데려가 버린다. → 그 사람은 아이들의 빈 방을 보며 실의에 빠져있고, 나와 가람이는 그런 그를 보며 어쩔 줄 몰라 한다.

장면4) 가람 아빠가 가람이를 '새아빠' 밑에서 자라게 할 수 없다며 데려가 버린다. → 목 놓아 울고 있는 나. 그 사람과 두 아이는 그런 나를 보며 어쩔 줄 몰라 한다.

물론 이보다 더 비극적인 장면도 있을 수 있으리라. 서로 진솔한 자기 개시가 이루어진 후 서로 간에 애정도, 믿음도 한결 돈독해진 느낌이긴 하다. 각자의 친한 지인들에게 서로를 소개하게 된 것도, 재산·부채·수입 등 각자의 경제적 상황을 오픈하게 된 것도 그래서일 거다. 그뿐 아니다. 마치 경제공동체라도 된 듯이, 데이트에 너무 많은 돈을 쓴 날에는 (그게 누구의 돈이었든) 좀 아깝게 느껴지기도 한다. 정말로 결정적인 것은, 같이 살 수만 있다면 그렇게 하고 싶다는 마음이 든다는 것.

재혼! 하지만 아무래도 그것은 무리가 아닐까? 둘이서 새 가정을 꾸리는 것은 현실적으로 너무 어려운 일이라는 생각이 든다. 특히 양쪽 아이들이 느낄 상실감과 배신감을 생각하면 언감생심, 희망사항으로 그쳐야 할 듯하다. 게다가 복잡해질 가족관계도 만만치 않은 요소다. 뿐만 아니다. 각자 돌싱으로 편하고 자유롭게 사는 것에 익숙해진 마당에 그 자유를 다시 포기하기가 쉬울까? 제대한 병사가 다시 입대하는 격이 아닐지. 아무리 자신의 의지로 선택한 '재입대'라 해도, 다시금 지속되는 빡빡한 병영생활에 탈영을 꿈꾸지 말란 법이 없으니 말이다.

예상되는 최악의 시나리오는 만에 하나, 정말 만에 하나 재혼한 걸 후회하는 상황이 오는 거다. 설령 재혼 자체는 후회하지 않는다 해도 또 실패할까 봐, 또 잘못될까 봐 전전긍긍하며 살게 된다면(살아야 한다면) 그런 상황도 참 '별로'인 것이다.

아무리 생각해보고 또 생각해봐도 결론은 똑같다. 우리는 너무 늦게 만났다는 것…. 그러니 굳이 같이 살기 위해 노력할 필요가 없으리라. 그저 지금의 관계를 잘 유지하며 함께 늙어가면 되는 것이니.

이 몹쓸 놈의 고독
그를 만나다 4

- 어쩌지? 이번에도 만나기 힘들겠네.

- 할 수 없지, 뭐. 잘 다녀와.

- 다음에는 어떻게든 시간 맞춰볼게.

- 그래.

지난번에는 내 사정으로, 이번에는 그 사람 사정으로 그렇게 되었다. 우리가 만나는 날은 가람이가 아빠를 만나러 가는 주말일 수밖에 없는데, 어찌 어찌 하다 보니 최근에는 잘해야 한 달에 한 번 보는 게 고작이다. 초기에야 관계를 형성하기 위해 그리고 그 관계를 공고히 하기 위해 서로가 서로를 1순위로 놓았지만, 계속 그럴 수는 없는 거니까.

우리 나이에는 대개 가족이나 친구들과 여가시간을 보내기 마련이다. 마흔 넘은 나이에 주말에 이성과 데이트하는 사람은 분명 소수일 테니. 각자 챙겨야 할 부모자식과 '유지·관리'를 필요로 하는 인간관계가 있는 마당에 상대방을 동반할 수 있는 자리는 극히 제한적일 수밖에 없다. 또, 어쩌다 서로 시간이 맞아떨어지는 날에는 둘 중 한 명이 아파서 끙끙 앓거나 갑자기 비상근무가 떨어지곤 했다. 이렇게 각자의 일정 때문에 만남이 미뤄지고 취소되기 일쑤라, 둘만의 시간을 갖는다는 게 점점 어려운 일이 되고 말았다.

눈에서 멀어지면 마음에서도 멀어진다던가. 아쉬움은 차츰 서운함, 언짢음으로 변해가곤 했다. 이제 우리도 젊은 연인들처럼 티격태격하기 시작했다. 사소한 오해가 점점 더 큰 오해를 부르는 식으로. 다투고 나서는 한동안 연락 없이 지내기도 하면서. 사실 누가 잘못을 저지른 것이 아니니 싸우고 말고 할 것도 없었다. 그런데도 다툼은 점점 잦아졌고, 다툼 사이사이의 평화 모드는 오래 가지 않았다.

어떤 심리학자는 남녀관계에서 자신의 감정이 진실한 것인지 알고 싶다면 세 가지를 체크해보라고 했다. 그것은 바로 친밀감, 열정 그리고 헌신이다. 상대방과 정서적인 교류가 이루어지고 있는지(친밀감), 상대방에게서 이성으로서의 매력이 느껴지는지(열정), 스스로 상대방에게 기꺼이 책임을 다하려는 마음이 있는지(헌신)가 중요하다는 것이다. 그리하여 이 세 가지 요소가 '사랑의 삼각형'을 이루게 되니, 이 가운데 하나라도 결여되어 있거나 한두 가지에 치우쳐 있으면 곤란하다는 얘기이다.

나는? 그리고 오빠는? 우리는 각자 상대방에 대해 사랑의 정삼각형을 품고 있을까? 처음엔 정삼각형이었겠지만 날이 갈수록 그 모양이 뒤틀어지고 있었다.

열탕과 냉탕 사이를 오가는 남녀관계는 과연 신뢰할 만한 것일까? 어떤 인간관계든 쌍방의 꾸준한 노력과 성의와 관리가 요구되기 마련인데, 어찌 보면 가장 변덕스럽고 가장 취약한 인간관계가 바로 남녀관계 아닐는지.

처음에 상대방의 장점으로 보이던 것들이 이제 더 이상 근사해 보이지 않았다. 상호보완적인 요소라 여겨지던 우리 둘의 '차이'들이 이제는 이질감을 심화시키는 요소로 다가왔다. 익숙함이 주는 편안함은 권태로움을 자아내기 시작했다. 같이 있는데도 문득 문득 외로웠다.

필부필부(匹夫匹婦)를 흔드는 칠정(七情) 가운데 기쁨(喜), 즐거움(樂), 사랑(愛)은 나날이 줄어들고 노여움(怒), 슬픔(哀), 미움(惡)은 나날이 자라났다. 그래, 이게 다 욕심(欲) 때문인 것을.

'아, 인정하고 싶지 않지만 우리의 관계도 끝이 보이는 건가…'

'그래, 우린 각자 너무 외로웠던 거야. 너무 외로운 나머지, 누군가 손을 내밀자 그냥 덥석 잡고 만 거지. 이 몹쓸 놈의 고독 같으니라고…'

남편인 듯, 남편 아닌, 남편 같은
그를 만나다 5

- 그래서 결국 깨진 거야?

- 응….

- 괜찮아. 남자는 얼마든지 있어.

- 그렇다고 아무나 만날 수는 없잖아. 그러기는 싫어.

- 물론이지.

다시금 유행가 가사가 내 이야기처럼 들려오기 시작했다. 청춘의 실연 때 그러했던 것처럼. 이럴 때는 맛있는 걸 먹으면서 풀어야 한다던가. 소희 언니는 종종 테이크아웃으로 음식을 싸들고 찾아왔다. 오늘 들고 온 메뉴는 매운 족발이다. 우리 나이에는 피부 미용을 위해 콜라겐을 챙겨야 한다면서.

- 신영아, 이제는 이왕이면 아이 없는 사람을 만나.

- 처음부터 그런 조건을 따져서 만나라고? 어떻게 그래? 일단은 좋아하는 마음이 생겨야 되는 것 아냐? 조건은 그 다음 문제고?

- 순진한 소리 하고 있네. 아이 있는 사람과 재혼하면 가장 많이 부딪치는 부분이 아이 문제라더라. 자기 자식도 키우기 어려운 법인데 남의 자식은 얼마나 힘들겠니?

- 그렇긴 하겠지.

- 새엄마가 얼마나 어려운 자리인 줄 알아? 아홉 번 잘해도 한 번 잘못하면 끝이라고!

- 하지만 나도 아이가 있는 마당에 상대방에게는 아이가 없기를 바라는 건 좀 말이 안 되는 것 같아.

- 그러니까 내 말은, 이왕이면 그렇게 해보라는 거지. 세상 일이 꼭 마음먹은 대로 되는 건 아니니까.

이야기를 하다 보니 얼떨결에 '새엄마'까지 운운하게 되었지만, 내가 누군가의 새엄마가 되는 일은 아마 일어나지 않을 것이다. 물론 세상일을 장담할 수는 없겠지만….

우리가 왜 그렇게 허망하게 끝났던가. 내가 너무 욕심을 부렸던가? 아무튼 이제 또 다시 누군가를 만나 서로를 알아가고 마음을 열어가는 그 과정을 되풀이해야 한다니 지겹기도 하거니와 귀찮기도 하다. 아니, 그럴 만한 상대를 다시 만날 수나 있을까?

사실 이 나이에는 '누구'를 만날 것인가도 문제이긴 하다. 한눈에 '심쿵'해지는 상대가 눈앞에 나타날 확률은 대단히 낮고, 게다가 그 상대가 유부남이 아닐 확률은 더더욱 떨어진다. 남녀 공히, 자신의 이상형을 만나기에는 너무 늦은 나이인 건 사실이니까. 더 나은 상대가 있을지 모른다는 기대에 이 사람 저 사람 전전하느니, 혹시 누군가와 인연이 닿는다면 그 인연을 소중히 여기고 만족할 수 있어야 할 것 같기도 하다.

물론 욕심 같아서야 인품도 훌륭하고 능력도 있고 인물도 좋으면 좋겠지만, 인품 훌륭한 사람이 유능하기까지 한 경우가 얼마나 되던가. (일단 인물은 논외로 하자. 사실 남자건 여자건 우리네 평범한 사람들은 대개 이 세 가지 중 한 가지도 제대로 갖추지 못하고 있음을 인정해야 한다.)

드물게, 아주 드물게 이 가운데 두세 가지를 겸비한 사람들이 있긴 하다. 문제는, 그런 이들은 인기가 많아서 주변에 이성이 들끓기 쉬우니 '내 사람이 아니'라고 생각하고 만나면 모를까, 연애를 한다면 피곤한 연애가 될 수밖에 없다는 것이다.

주변에서는 나더러 (싱글맘이니만큼) 남자의 능력을 우선시하라고 하는데, 글쎄…. 나로선 오히려 결혼생활을 해봤기 때문에 그런 관점에 더더욱 동의하기 어렵다. 물론, 결혼생활이 안정되게 지속될 수 있으려면 경제적 기반이 필수이긴 하다. 허나, 결혼을 고려하는 남녀라면 결혼생활을 '감히' 시작하고플 정도의 정서적 친밀감이 확고해야 하는 거다. 그리고 상호간에 그 친밀감이 계속 유지될 수 있어야 하는 거다. 이것이 결혼의 본질적이고 우선적인 조건이다. 이것에 회의가 들고 의문이 생긴다면 다른 조건들은 더 이상 따져볼 필요도 없다.

그런데 꼭 다시금 제도권에 들어가 누군가의 아내가 되어야 할까? 그냥 누군가의 벗으로, 연인으로, 동지로 사는 것은 안 될까? 물론 아이가 어느 정도 성장해서 정서적으로 독립한 후에 말이다. 이제 누군가를 다시 만난다면, 꼭 법적으로 혼인관계를 맺지 않아도 좋으니 편하게 노년을 같이 보낼 수 있는 사람이면 좋겠다. 남편인 듯, 남편 아닌, 남편 같은 듬직한 짝꿍.

그리고 이제 누군가를 다시 만난다면, 서로 상대방의 생활방식과 인간관계를 존중해주는 것을 최우선으로 삼자고 말하리라. 서로를 너무 구속하지 않는, 서로의 삶에 너무 개입하지 않는 그런 관계가 되자고 말이다.

아! 잊지 말아야 할 것이 하나 더 있다. 누구를 만나든, 만남의 시간을 오래 지속하기 위해 너무 애쓰지 말아야겠다는 거다. 이제는 누군가와 오래 같이 있으면, 아무리 좋아하는 사람이라 해도 육체적으로나 정신적으로나 슬슬 피곤해진다. 그러니 이제는 시간의 '양'보다 '질'로 승부를 거는 자세가 필요하다. 고밀도로 데이트를 하고 적당히 아쉬움을 남기며 헤어져야 서로가 감질나서 다음 만남을 기다리게 될 테니까!

2.
천당과 지옥 사이 그 어디쯤

벼랑 끝에 선
우울 돋는 날

- 너, 또 혼자 술 마신 거야? 속은 괜찮아?
- 아니, 안 괜찮아. 속은 울렁거리고, 머리는 어지럽고…. 윽, 토할 것 같아! 흡!

후닥닥! 속에서 또 뭔가 울컥 올라오는 느낌에 전화기를 팽개친 채 입을 막고 욕실로 뛰어갔다. 우웨웩! 꺽! 꺽! 눈에 핏발이 서리도록 한바탕 쏟아냈는데도 뭔가 더 남아있는 느낌이다. 손가락을 목구멍 깊숙이 집어넣어 간질간질하자 곧바로 반응이 왔다. 우웨웩! 그 와중에도, 양변기의 모양새가 구토하기에 참 적당하다는 생각을 한다.

얼굴을 씻고 고개 들어 거울을 보니, 얼굴은 열꽃이라도 핀 듯 벌게져 있고 눈가에는 눈물이 그렁그렁하다. 숙취와 구토까지는 연결이 되는데, 거기에 청승맞게 눈물은 왜 끼어든 건지. 내게 울 자격이라도 있단 말인가. 지금까지 계속 게워낸 것은 과잉 섭취된 술과 안주가 아니라, 아마도 가슴 저 밑바닥에 도사리고 있던 슬픔과 막막함과 억울함일 테지.

언제부턴가 가람이가 잠든 후 혼자 술을 홀짝이는 게 일과가 되었다. 나 같은 경우도 '키친 드링커'(Kitchen Drinker)에 포함되는지는 모르겠지만, 아무튼…. 술을 마시면, 취기가 오르면, 잠시라도 우울함에서 벗어날 수 있으니까. 물론 '탈(脫) 우울'을 위한 다른 방법도 없지 않으니, 건전한 취미생활로 우울함을 극복해야 하겠지만 심지 약하고 실행력 떨어지는 나 같은 사람에겐 알코올이 가져다주는 느슨함이 가장 손쉬운 방법이다.

늦게 배운 도둑질에 날 새는 줄 모른다고, 알코올의 효용에 눈을 뜨게 되자 점차 용기를 내어 다양한 주류에 도전해보게 되었다. 그런 의미에서 대형 마트의 주류 코너는 보물섬과 다름없었다. 세상에 이렇게나 많은 술이 있었다니! 맥주, 와인, 청주 등등 이것저것 섭렵해본 결과, 결국 이런저런 회식자리에서 배운 서민형 폭탄주 '소맥'으로 낙착을 보게 되었다.

그래서 어젯밤에도 가람이가 잠든 후 혼자 소맥을 맛있게 '말아서' 헤드폰으로 음악을 들으며 밤 시간을 보냈는데, 조금 과했나 보다. 사실 술기운에 잠시 기분이 좋아진다고 해서 나의 이 우울함이 '발본색원'될 리가 있나. 술은 항우울제가 아니며, 오히려 술이 깨면서 우울함은 더 깊어지고 거기에 자책감까지 더해질 테니 말이다.

문제는 우울이다. 나는 왜 이리 우울할까?

대체 누가 '시간이 약'이라고 했던가. 상처는 그리 쉽게 아물지 않는 것을. 결혼생활 동안 겪었던 고통과, 이혼을 앞두고 갈등하던 시기의 아픔들은 수시로, 생생하게 되살아났다. 현실에서 또 꿈속에서. 그때마다 슬픔과 괴로움의 2종 세트가 쓰나미처럼 밀려왔다. 가람이를 생각하며, 부모님을 생각하며 마음을 다잡아보려 하지만 우울함이 깊어질수록 그런 노력도 부질없이 느껴졌다.

거기에 더해 언제부턴가 사람을 대하는 것이 불편해졌다. 누군가와 눈길이 마주치는 것이 두렵고, 누가 내게 말을 건네는 것도 부담스럽기만 하다. 엘리베이터를 타면 '닫힘' 버튼을 얼른 누르는 것도 새로 생긴 버릇이다. 누가 뛰어오거나 말거나 사정없이 문을 닫아버린다. 어디를 가든 구석자리에 앉게 된 것도, 친구들한테 먼저 안부를 묻지 않게 된 것도, 언제부턴가 눈물이 많아진 것도….

남의 눈에 띄기 싫고 어디론가 숨고 싶다는 마음뿐이라, 약속이든 뭐든 아프다는 핑계로 다 취소하고 집에 틀어박혔다. 은둔생활은 온라인에서도 예외가 아니라서, SNS의 프로필 사진을 삭제하고 이런저런 대화창에서 퇴장하는 걸로 잠수를 시작했다.

마지막으로 거울을 본 게 언제였더라? 거울에 비치는 나를 바라볼 자신이 없다. 며칠째 감지 않은 머리는 봉두난발 상태. 정 밖에 나가야 할 때는 모자를 깊이 눌러 쓰는데, 떡이 진 머리를 감출 수 있고 남의 시선도 피할 수 있어 일석이조다. 이러다 히키코모리(은둔형 외톨이)가 되는 건 아닐까? 사람과의 접촉을 피하다 보니 고립감이 더 심해지고 더 우울해지는 것만 같다. 그런데 우울해질수록 더 움츠러들고 더 사람을 피하게 되니 고독감과 우울감의 악순환이 계속되는 것이다. 게다가 흐린 날이나 비라도 오는 날에는 기분이 아주 바닥을 치게 된다.

마치 벼랑 끝에 서 있는 것 같은….

고마움 반, 서러움 반의 눈물
밤바다 그리고 생일파티

비 오는 금요일, 휑한 집구석에 모로 누워 빗소리를 듣는다. 아이는 아빠를 만나러 가고 없다. 내일이 생일인데 아이는 모레나 돌아오니 이번 생일은 혼자 보내게 생겼다. 사실, 생일이 뭐 별건가. 나의 출생은 자축할 것도 없고 축하받을 일도 아닌, 그저 40여 년 전 집집마다 자식을 서넛은 낳던 그 시절, 서울 어느 구석진 동네에서 일어난 우연한 사건일 뿐. 부모님은 대체 어쩌다 나를 낳으셨을까? 왜 나를 낳으셔서 이런 삶을 살게 만들었을까?

좀처럼 기분이 나아지지 않는다. 인생살이에 실패했다는 생각이 머릿속에서 떠나지 않는다. 아니, 인생 전부에서는 아닐지라도 상당 부분에서는 실패한, 루저(loser). 부모에게는 불효하고 자식에게는 고통을 안긴, 죄인.

지금 집에 있냐고 묻더니 친구가 집으로 찾아왔다. 두문불출하고 있는 내가 걱정되었던 모양이다.

- 너, 내일 생일이잖아! 내가 '생파' 해줄게! 콘도도 예약해놨고 맛집도 다 알아놨어! 일단 떠나자! 가서 좀 쉬고 오자고!

눈물이 왈칵 쏟아졌다. 고마움 반, 서러움 반의 눈물이려니.

친구에게 억지로 이끌려 주섬주섬 옷을 걸치고 모자를 눌러쓰고 길을 나섰다. 주말 저녁 서울을 빠져나가는 차들이 빗길에 꼬리를 물고 이어졌다. 조수석에 누워 창밖을 바라보노라니 또 청승맞게 눈물이 줄줄 흘러내리는데, 친구가 눈치 빠르게 휴지를 건넨다.

'이 많은 사람들은 다 어디로 가는 걸까. 다들 가족들과, 친구들과 행복한 시간을 보내겠지? 나는 이렇게 괴로운데 다들 즐겁게 사는구나.'

숙소에 도착하니 제법 늦은 시각이다. 콘도에 놀러 온 가족들이나 연인들은 저마다 행복해 죽겠다는 표정들을 짓고 있다. 색색의 아웃도어를 차려입고 밝게 웃는 사람들 사이에서 나는 섬처럼 외롭기만 했다. 우중충하게 눌러 쓴 모자가 눈물자국을 가려주고 있어 그나마 다행인가.

친구는 방에 틀어박혀 나오지 않으려는 나를 밖으로 잡아끌었다. 친구 손에 이끌려 바닷가를 거닐다 들어간 곳은 24시간 영업하는 횟집. 밤바다가 보이는 창가 자리를 마다하고 구석진 곳에 자리를 잡았다. 어차피 아는 사람 하나 없는 동네지만 남의 눈에 띄기는 싫으니까.

한 상 거하게 차려진 회를 안주 삼아 소주잔을 채웠다. 쓰디쓴 알코올이 목구멍을 타고 내려가는데, 또다시 눈물이 쏟아졌다.

- 괜찮아. 울고 싶으면 울어. 실컷 울어.

- 내 인생은 왜 이럴까? 왜 이렇게 되었을까?

- 네 인생이 어때서? 가람이 잘 키우면서 씩씩하게 살고 있잖아.

- 모르는 소리 마. 너, 세상에서 버림받은 느낌 알아? 이 세상에 아무도 없고 달랑 나 혼자인 것 같은 그런 느낌 말이야.

- 알지. 그럴 때 있지. 너, 요즘 그래?

- 응…. 늪 같은 데 빠져서 허우적거리는 것 같아. 아니, 깊은 구멍으로 계속 떨어지는 느낌이야.

- 상태가 안 좋아 보이긴 해. 얼굴 살도 쪽 빠졌고…. 병원에 가봐. 상담을 받아보든가.

친구는 술벗, 말벗이 되어주었다. 내가 느끼는 처절한 고독감에 주파수를 맞춰주고 내가 늘어놓는 신세 한탄에 맞장구를 쳐주었다. 친구도 여러 부류가 있는 법인데, 그녀는 나의 실패와 불행들에 진정 마음 아파하며 진심으로 위로해주는 쪽이었다. 언제였나, 지쳐 널브러져 있는 나를 다짜고짜 네일 숍에 데리고 갔던 친구이기도 하다. 가끔은 이런 기분전환도 필요하다며, 일상에 찌들어있던 내게 화사한 핑크빛 손톱을 선물해준 친구. 그녀 덕분에, 매니큐어가 유지되던 기간만큼은 잠시 무도회의 신데렐라가 된 기분으로 살았더랬다. 이렇게 나를 아껴주는 친구가 있으니 아주 잘못 산 인생은 아닌 건가….

깊은 밤, 차에 둘이서 나란히 앉아 바다를 바라봤다. 서로를 의식할 필요도 없었다. 오디오 볼륨을 있는 대로 높여놓고 마음껏 쿵쾅거렸다. 누군가는 리듬에 맞춰 고개를 까딱거리기도 했던가. 우리, 젊은 날에 그러했던 것처럼….

어서 와, 정신과는 처음이지?
의사를 만나다 1

살은 점점 빠지는데 역설적으로 몸은 점점 무거워졌다. 손가락 10개, 발가락 10개에 마치 추라도 주렁주렁 달려있는 것처럼, 커다란 납덩이가 되어버린 몸은 의지대로 움직여지지 않았다. 상체를 일으키는 것조차 힘들어 하루 종일 누워서, 자다 깨다를 반복할 뿐이다. 문제는, 아무리 잠을 자도 피곤하다는 것. 설거지와 빨랫감이 쌓여가도, 방 안에 먼지와 머리카락이 뭉쳐서 굴러다녀도 치워야겠다는 생각이 들지 않았다. 어떤 일에도 의욕이 생기지 않는, 완전한 무기력 상태에 도달한 듯했다.

그나마 아이에게 밥을 먹이는 것, 학교에 보내는 것까지 놓아버리면 안 되겠기에 그때만은 죽을힘을 다해 일어났다. 휘청거리는 몸을 겨우 가누며 빵과 우유 또는 햇반과 참치 캔으로 대충 아침상을 차려내곤 했다.

- 요즘 통 맛있는 반찬을 못 해줬네. 엄마가 좀 아파서 그러니까 이해해

줘, 응?

　- 네.

　새날을 시작한다는 희망으로 맞이해야 할 아침이 내게는 괴로움의 시간
이기만 했다. 아침에 눈을 뜨면 또 하루를 살아내야 한다는 사실이, 또 하
루를 버텨내야 한다는 사실이 막막하기만 했다. 어제와 같은 오늘, 오늘과
같은 내일이 무의미하게 느껴지고, '그만 살고 싶다'는 생각이 스멀스멀 밀
려왔다.

　이러다 자살 충동에 휩싸이는 건 아닌가 싶어 겁이 덜컥 나기도 했다. 대
체 어떻게 내가 나를 죽일 수 있단 말인가. 어떻게 아이를 두고 내 손으로
목숨을 끊을 수 있단 말인가. 내가 그렇게까지 독할 수 있을까? 그럴 바에
야 차라리 사고를 당하거나, 불치병 또는 치사율 높은 급성 전염병에 걸리
는 게 낫지 않을까?

　이런 황당하고 몹쓸 생각까지 하는 걸 보니 고독감과 우울감으로 말미암
아 정신이 황폐해진 게 분명했다.

　계속되는 우울감과 무기력증에서 어떻게든 벗어나야 했다. 시간이 가면 나
아질 거라는 기대도 버리는 게 현명했다. '혼자 웅크리고 있지 말고 전문가의
도움을 받으라'는 절친의 성화에 못 이겨 근방의 정신과(정식 명칭은 정신건
강의학과) 병원들을 검색했다. 대형 체인 병원, 유명 의사를 내세운 병원, 으
리으리하게 꾸며놓은 큰 병원도 많았지만 난 홈페이지조차 없는 소박한 곳
을 택했다. 그런 의사라면 외형에 신경 쓰기보다는 내실을 기할 거라고, 병원
의 확장보다는 진료 자체에 초점을 둘 거라고 내 맘대로 추측한 결과다. 물
론 나처럼 의욕 상실 상태의 의사일 수도 있겠지만.

예약 시간보다 좀 이른 시각에 후들거리는 걸음으로 병원 문을 열고 들어섰다. 내과, 외과, 안과, 피부과, 이비인후과 등등 수많은 병원을 다녀봤지만 정신과는 처음이었다.

'살다 살다 별 곳을 다 오는구나.'

내 필요에 의한 선택이었음에도 자괴감 비슷한 것이 고개를 처들었다. 그나마 한 가지 위안이 되었던 점은, 대기 중인 환자들이 하나같이 멀쩡해(?) 보였다는 것이다. 나 역시 정신과 환자들에 대해 어떤 편견을 갖고 있었다는 얘기다.

얼마를 기다리자 내 차례가 되었다. 간호사의 호명에 쭈뼛쭈뼛 진료실 문을 열고 들어가니 책상과 책장, 의자 몇 개가 전부인 단출한 공간이 나타났다. 온화한 얼굴로 환자를 맞는 의사의 표정에는 이렇게 씌어 있었다.

'어서 와. 정신과는 처음이지?'

- 얘기를 들어보니 힘든 상황이군요. 매일 매일 힘들게 버티고 계시네요.
- 네, 맞아요. 하루하루 겨우 버티고 있어요.
- 스스로 자기 자신을 도와야 하는데, 그러실 수 있는 상태가 아니에요.
- 제 인생은 처음부터 끝까지 괴로움뿐이에요. 마치 저주받은 인생을 살고 있는 것 같아요. 어서 이 고통에서 벗어나고 싶어요. 그냥 다 놓아버리고 싶어요. 사실, 죽음을 생각할 때가 많아요.
- 그러시군요. 하지만 '인생은 고통이다'라고 등식을 세워놓으면 인생에서 경험하는 기쁨과 즐거움도 다 못 보게 됩니다.
- 그렇다고 해서 '인생은 고통이 아니다'라는 부등식이 성립하는 것도 아니잖아요.

- 그건 그렇죠. 하지만 '인생은 고통이다'라는 등식이 꼭 성립하는 것도 아니거든요.

- 그럼, 그 등식에 물음표를 달게 된다면 그것만으로도 성공일까요? 예를 들어, 인생은 고통인가? 인생은 고통이기만 할까? 이렇게요.

- 네, 일단 그렇게 생각하고 치료를 시작합시다.

상담 중에도 하염없이 눈물이 흘러내렸다. 인생의 고통이라고는 모르고 살았을 것같이 생긴 의사는 귀찮은 내색 없이 계속 티슈를 건네줬다. 미처 휴지를 챙겨오지 못한 것은 나의 불찰이었다. 의사 앞에서 이렇게 질질 짜게 될 줄은 정말 몰랐으니.

- 앞으로 제가 처방해드리는 약을 잘 드세요.

- 저… 약물치료의 부작용은 없을까요?

- 네, 그런 문제는 별로 걱정 안 하셔도 됩니다. 요즘에는 약이 잘 나와서요.

설령 부작용이 좀 있다고 해도 감수할 생각이었는데, 다행이었다.

처방전을 받아들고 걸어 나오며 잠시 비틀거렸던 것 같기도 하다. 행여 누가 볼세라 퉁퉁 부은 눈과 벌게진 코끝을 감싸 쥐고 진료실을 나오니, 시무룩한 얼굴의 환자들이 소파에 하나 가득이었다. 내 차례에서 시간을 너무 많이 잡아먹었나 싶어 그들에게 미안하면서도, 성실한 의사를 만난 게 다행이다 싶어졌다. 그리고… 생전 처음 보는 사람에게 내 모든 것(주로 수치스러운 감정들과 기억들)을 털어놓는 경험은 생각보다 나쁘지 않았다.

내가 죽으면 가람이가 나를 원망하겠지
의사를 만나다 2

- 약은 꾸준히 시간 맞춰 드신 거죠?
- 네.

얼떨결에 거짓말을 하고 말았다. 하루에 한 번만(아침 식후) 먹으면 되는, 꽤 간단한 복용법이었는데도 아직 며칠치가 그대로 남아 있었다.

- 약 드시면서 특별히 불편한 점은 없었나요?
- 네, 그런 건 없었어요. 그런데 아직은 별로 달라진 게 없는 것 같아요. 온 몸이 나른한 것이, 마치 전기가 약하게 흐르는 느낌이에요. 몸이 천근만근 무겁고 힘이 없으니까 여전히 하루 종일 누워만 있어요. 집안 꼴도, 사람 꼴도 엉망이에요.
- 누워 계시는 동안 그래도 휴식이 이루어진 거네요.

- 누워있으면서도 마음은 편치 않죠. 해야 할 일, 미뤄놓은 일들로 머릿속이 복잡하니까요. 그러니, 쉬어도 쉬는 게 아니죠. 더 이상 이러고 있으면 안 된다는 걸 알면서도 극복이 잘 안 되네요.

- 환자분처럼 무기력증을 유난히 심하게 겪는 분들이 있어요. 무기력증은 우울증의 증상이기도 하지만, 정말 피곤해서 몸이 쉬고 싶다는 신호를 보내는 것일 수도 있어요. 고통스러운 상황이고, 쉽게 대안을 찾을 수도 없고, 잠시도 쉴 틈이 없는 생활이지만, 그 가운데서 잠시라도 자신에게 휴식을 허락하세요.

- 휴식은 제게는 꿈같은 얘기예요. 싱글맘의 생활이 얼마나 고달픈지 모르시잖아요. 돈 벌랴, 살림하랴, 아이 뒤치다꺼리하랴…. 게다가 앞으로 상황이 더 나아지리란 보장도 없고요.

- 휴식이 정 어렵다면 자신을 위해서, 뭐든 좋으니까 지르세요. 그렇게 해서 자신의 컨디션을 스스로 조금씩 회복시켜 가세요.

- 그러면 제가 느끼는 고통도 끝이 날까요? 아녜요. 고통은 죽을 때까지 계속될 거예요. 죽어야만 끝나요.

- 그렇지 않습니다. 그런 생각에 대해 저는 계속 이의를 제기할 겁니다.

의사와 토론을 하는 것 같기도 하고 의사의 훈계를 듣는 것 같기도 했다. 하긴, 환자는 의사 앞에서 약자일 수밖에 없는데 어떻게 상호 대등한 토론이 이루어지겠는가.

- 일단 누워있는 시간을 조금씩 줄여보세요. 앉아 있는 시간, 움직이는 시간을 늘려나가고, 컨디션이 더 좋아지면 가벼운 운동도 시작해보시고요.

돌아오는 길, 창밖을 멍하니 쳐다보다 자동문이 닫히기 직전 충동적으로 버스에서 내렸다. '내가 왜 내렸지?' 특별한 이유도 없었다. 얼른 가서 드러눕고 싶은 마음이 굴뚝같았지만, 의사의 마지막 당부가 목구멍의 생선가시처럼 마음에 걸렸다.

무작정 걷기 시작했다. 봄꽃들이 눈부시게 피어난 길을 따라 터벅터벅 걸었다. 일단 집에 들어가면 절대 나오기 싫어질 테니까. 이렇게라도 해서 침대에서 보내는 시간을 줄여야 하니까.

그런데 알고 보니, 이런저런 이유로 병원 신세를 졌던 혹은 지고 있는 사람이 한둘이 아니었다.

- 신영이 너는 잠이 많아졌구나. 나는 잠을 통 못 잤는데…. 우울증일 때 불면증이 오는 경우가 많지만 잠이 많아지는 경우도 있대. 나도 불면증 때문에 고생 많이 했어. 수면제 없이는 잠을 못 잤다니까. 수면제 먹고 자면, 자고 나서도 기분이 개운치가 않더라고.

- 병원에 갔더니 나더러 우울증이 심하고 자살 위험도가 높다고 하면서, 절대 혼자 있지 말라고 하더라. 그래서 우울증 약을 계속 먹다가, 누가 권해서 최면 상담을 받아봤는데 나쁘지 않았어.

- 잘 생각했어. 요즘 정신과 다니는 사람이 얼마나 많은데? 나도 의사가 운동하라고 하더라. 그런데 다른 사람들과 같이 해야 하는 운동은 부담스럽더라고. 그래서 혼자 매일 산책했어. 지금도 저녁마다 밥 먹고 나서 공원 한 바

퀴씩 돌아. 그냥 아무 생각 없이 걷는 거야. 그런데 의외로 효과가 있는 것 같아. 건강도 좋아지고 마음도 차분해지더라고.

- 나도 병원 오래 다녔어. 그런데 병원이 낫게 해주는 건 아니더라. 내 경우는 종교생활이 도움이 많이 된 것 같아. 그래도 아직 힘들 때가 많아. 가끔 '울컥'할 때면 문 잠가놓고 펑펑 울지. 너도 집에만 있지 말고 밖에 나가서 햇볕도 쬐고 그래. 애를 생각해서라도 어서 기운 차려야지. 네가 무너지면 애는 어떡하니? 애가 무슨 죄가 있니?

상념에 빠져 터벅터벅 걷다 문득 드는 생각 하나.

'내가 죽으면… 이 길을 다시는 못 걷겠지? 다시는 가람이를 못 보겠지? 가람이가 나를 원망하겠지?'

생각해보니 언제부턴가 가람이의 얼굴에서 웃음기가 사라졌다. 엄마의 무기력증과 우울감이 아이한테까지 전염되고 있는 게 분명했다. 이러다 자식까지 폐인 만들겠다는 생각에 그만 가슴이 철렁 내려앉았다.

대오각성의 순간
의사를 만나다 3

- 누워있는 시간은 확실히 줄어든 것 같아요. 이젠 조금씩 집안일도 하고, 가끔 사람들도 만나고 그래요. 서서히 약효가 나타나는 걸까요?

- 그렇다고 볼 수 있죠. 약이 신경전달물질에 작용해서 신체반응이 더 활발하게 일어나도록 만들어주니까요. 하지만 약효만으로는 다 설명되지 않습니다. 의지도 많이 작용하거든요. 일단 외래 환자의 경우, 예약 시간에 맞춰 이곳에 온다는 것 자체가 본인에게 회복 의지가 있다는 것을 말해주죠. 그래서 저는 외래 환자들을 대할 때, 그러한 의지에 초점을 맞추려고 합니다.

- 그렇겠군요. 그런데 몸이 약에 의존하게 되지는 않겠죠?

- 경과를 보면서 서서히 줄여나갈 거니까 너무 걱정 안 하셔도 됩니다. 기분은 좀 어떠신가요? … 요즘도 죽고 싶다는 생각이 드시나요?

- 아네요, 요즘은 별로 안 들어요. 그렇다고 아주 사라진 건 아니고요.

- 네, 일단 다행이네요.

- 실은 얼마 전에 어느 의사가 쓴 글을 보았는데, 그 글을 읽다 보니 제 자신이 부끄러워지더라고요.

- 어떤 글이었는데요?

- 응급실에는 교통사고 당한 사람이나 자살을 기도한 사람 등등 응급환자들이 실려 오잖아요. 의사들은 꺼져가는 생명을 살리기 위해 이리저리 뛰어다니고요. 응급실에서 수많은 죽음을 목격한 그 의사는, 그 누구도 죽음에 대해 함부로 말해선 안 된다고 하더군요. 누군가는 단 하루라도 더 살 수 있기를 절실히 원한다면서요. 그 글을 읽는데 정신이 번쩍 들더군요. 우울증을 핑계로 '죽음'이라는 말을 너무 쉽게 입에 올린 것 같고, 그동안 너무 건방을 떨었다는 생각도 들고요. 대오각성했다고나 할까…. 이제 좀 겸허해져야겠다 싶어요. 앞으로는 행여 장난으로라도 '죽고 싶다'는 말은 입에 올리지 않을 거예요.

- 그래도 지금 많이 호전된 상태기 때문에 그런 생각이 드신 걸 겁니다. 심리적으로 컨디션이 안 좋으면 똑같은 글을 읽어도 그런 영향을 받지 않겠죠.

- 네, 그렇겠죠.

약 기운 때문이든 무엇 때문이든 이제는 뭔가를 좀 해볼 수 있을 것 같았다. 그리고 회복 단계에 올라선 만큼 이제는 모종의 의식을 치러야 했다. 누워 지내는 동안 벼르고 별렀던 특급 이벤트이기도 하다.

집에 돌아와 창문을 다 열어젖히고 대청소를 시작했다. 오랫동안 주부의 손길이 닿지 않은 집구석은 폐가처럼 황량했고, 아니나 다를까, 방 귀퉁이마다 거미줄이 쳐져 있었다. 상대의 빈틈을 놓치지 않는 부지런한 녀석. 거미에게 허를 찔린 듯한 열패감을 지우기 위해 더더욱, 땀방울이 뚝뚝 떨어져 내리도록 쓸고, 닦고, 묵은 때를 벗겼다. 신성한 의식을 행하듯… 청소로 수행(修行)이라도 하듯….

마침내 땀으로 범벅이 된 몸을 욕조에 담그자 눈이 저절로 감겼다.
………

현 시점에서 내 삶에 대해 평가를 내린다면 여전히 '실패'라고밖에 말할 수 없을 것이다. 물론 거기에는 결혼생활의 실패가 큰 부분을 차지한다. 그런데 중요한 것을 하나 놓치고 있었다. 그건 어디까지나 중간평가일 뿐이라는 것. 아직 인생의 최종평가를 내릴 시점이 아니라는 것.

- 신영아! 뭐해? 나랑 LP바 안 갈래? 가서 음악 듣고 오자! 좋아하는 음악 듣다 보면 힐링이 된다니까!

때마침 걸려온 친구의 전화에 외출 준비를 서둘렀다.

설마 울증에서 조증으로?
의사를 만나다 4

- 무기력증은 거의 다 나았어요. 아니, 나은 정도가 아니라 이제는 기운이 남아도는 것 같아요. 천하장사라도 된 것 같다니까요!

- 그러세요?

- 네, 전에는 그렇게 드러눕고만 싶고 잠이 쏟아지더니, 이제는 새벽부터 눈이 번쩍번쩍 떠져요. 예전에는 기운이 없어서 집안 청소도 한 번에 다 못하고 이틀에 나눠서 했거든요. 하고 나서는 바로 뻗어버렸고요. 그런데 지금은 한 시간이면 후딱 끝낼 정도예요. 하고 나서도 별로 피곤하지 않고요. 그리고 전에는 입맛이 없어서 거의 굶다시피 했는데, 지금은 땀 뻘뻘 흘리고 집안일을 하고 나서는 밥도 두 그릇씩 먹어요.

- 다행입니다.

- 그뿐만이 아니에요. 대인기피증도 사라져서 이제는 사람들도 막 만나고 싶고, 연애도 하고 싶고 그래요. 각종 SNS에도 자주 출현하고 있어서, 남들

이 '쟤, 이상해졌다'고 할 거예요. 제 스스로 생각해봐도 '내가 좀 나대는 것 아닌가?' 싶을 정도거든요. 울증이 없어진 건 좋은데, 설마 이러다 조증으로 가는 건 아니겠죠? 이게 다 약기운 때문일까요?

- 몇 달간 약을 복용하신 덕에 이제 신체기능이 다시 활성화된 건데요, 오랜 기간의 무기력에 대한 심리적 반동 같은 것도 나타나고 있을 겁니다. 두 가지 다로 봐야죠.

- 그럼 약을 다시 줄여야 되지 않나요?

- 사람은 일반적으로 기분의 업-다운(up-down)을 느낍니다. 기분조절장애가 있다는 것은, 업-다운의 폭을 잘 조절하지 못한다는 거예요. 이야기를 들어보면 크게 문제가 될 정도는 아닌 것 같은데, 어쨌든 본인의 평소 상태보다 과하다고 생각되신다면 그렇게 해야죠. 약을 갑자기 끊어버리면 다시 기분이 다운되고 그 상태가 지속될 수 있으니까, 경과를 봐가면서 서서히 줄여갑시다.

요즘 정말 약이 좋아졌다더니, 시금치 털어 넣은 뽀빠이라도 된 듯했다. 하지만 약기운을 빌어 조증 비슷한 이 상태를 지속시키는 것은 또 엉뚱한 부작용을 가져올 것이므로, 이쯤에서 출구전략을 쓰기로!

3.
제일 힘든 농사, 자식농사

부모는 결혼생활의 모델
부부의 성과 사랑

    가람이는 요즘 이런저런 학습만화 시리즈에 푹 빠져있다. 처음에는 만화책에 대한 선입견 때문인지 가급적 비(非) 만화책으로 유도해보려 했지만 자식이기는 부모 없다고, 뜻대로 되지 않았다. 하긴, 자식이란 인생이 뜻대로 되지 않는다는 것을 일깨워주기 위한 존재라던가.

    그런데 달리 생각해보니, 지식을 효과적으로 전달하기 위해 만화라는 형식을 활용한 거라면 의외의 학습효과를 거둘 수도 있겠다 싶었다. 누가 지었는지 모르지만 '학습만화'라는 절묘한 작명이 그 지향점을 잘 말해주고 있기도 하고. 그래서 가람이가 보고 싶어 하는 시리즈는 어지간하면 구입해주고 있다. 처음에는 도서관에서 빌려다 줬는데, 아이들은 자기가 좋아하는 책은 반복해서 보는 경향이 있어 도서관 책으로는 아쉬워하는 기색이었기 때문이다.

문제의 그날도 그랬다. 가람이는 저녁을 먹은 후 책장 앞에 가서 한참을 고르더니 요즘 열독 중인 시리즈에서 한 권을 골라왔다. 무슨 책을 보나 싶어 훔쳐봤더니, 어머나, '사춘기와 성'에 관한 책이 아닌가!

'앗, 벌써 이런 내용을? 아니지, 알고 싶을 때도 되었지! 암, 알아야 하고말고!'

배를 깔고 누워 숨소리도 안 내고 뚫어져라 들여다보는 가람이, 여차하면 책 속으로 들어갈 기세다. 얼마나 시간이 흘렀을까, 아이가 작심한 듯 나를 불렀다. 초등생 아들의 모진 성 고문(?)은 그렇게 시작되었다.

- 엄마!
- 응?
- 엄마랑 아빠도 이렇게… 했어요?

아이의 표정이 자못 진지했다. 아이가 말하는 '이렇게'가 '어떻게'를 말하는 건가 싶어 아이가 가리키는 그림을 들여다보니, 여자사람과 남자사람이 교미를 하는 모습이 아주 사실적으로 그려져 있었다. 특히 교미가 이루어지는 순간의 남녀 신체의 '특정 부위'가 마치 확대경을 들이댄 듯 초근접 모드로 묘사되어 있는 거다. 뭔 그림을 이렇게 적나라하게 그려놨는지…. 서양의 성교육 수위에 비하면 아무것도 아니라지만, 요즘 우리나라에서 나오는 성교육 책도 보통 수준은 아닌 것 같다.

아이 입장에서는 엄마와 아빠가 '이렇게' 했다는 것이 믿기지 않으리라. 상상도 안 될 일이리라. 아이가 알고 있는 (혹은 기억하는) 엄마와 아빠의 모습은 일상에 충실한 생활인의 모습이 전부일 테니까.

아이는 천진한 눈망울로 답을 기다리는데, 몰래 나쁜 짓이라도 하다 들킨 것처럼 얼굴이 화끈거리고 입이 떨어지질 않았다. 그래도 어떡하나. 잡아뗄 일이 따로 있지, 책에서 그렇다고 하는데 내가 아니라고 하면 아이는 얼마나 혼란스럽겠는가.

- 응? 어어어어엉.
- 정말이요?
- 으으으으으음.

예상대로, 아이는 충격을 받은 기색이 역력했다. 하지만 이내 극복이 되었는지 곧 후속타를 터뜨렸다.

- 그럼, 언제 했어요?
- 뭐? 언제 했냐고?

풉! 아이는 '이렇게'를 단발성 사건으로 여기고 있었다! 이 얼마나 아이다운 발상인가. 그렇다고 굳이 사실대로 얘기해줄 필요는 없으니 일단 적당히 넘어가기로.

- 그건, 네 생일에서 열 달을 빼면 답이 나오겠지?
- 그렇구나.

'언제' 했는지까지 순순히 자백했으니 이제 슬슬 도망갈 준비를 하려는데 다시 발목을 잡히고 말았다.

　- 그럼 옷은 어떻게 하고 했어요? 다 벗고 했어요?

　- 뭐?

　- 아니면 위에는 입고, 아래만 벗고 했어요?

　- 음, 그건 말이야… 보통 다 벗고들 한단다.

　- 다 벗고요? 그렇구나. 그럼, 서서 했어요? 앉아서 했어요? 누워서 했어요? 그림으로 봐선 잘 이해가 안 돼요.

　- 뭐?

진땀이 삐질삐질 흐르기 시작했다. 대체 어디까지 말해줘야 하는 걸까?

　- 음, 그건 말이야… 일반적으로는 누워서들 한단다.

　- 누워서요? 그렇구나. 그럼, 느낌이 어땠어요?

　- 뭐, 느낌?

말문이 턱 막혀왔다. 느낌이라니! 느낌이라니! 이 녀석, 아주 끝장을 보려는 건가! 꼭 느낌까지 알아야겠냐고 되묻고 싶어졌다. 초등생이면 초등생답게 굴어야지, '19금'의 영역을 넘보려 해서는 안 된다고 나무라고 싶어졌다.

그런데 이제껏 순순히 대답해놓고는 이제 와서 갑자기 야단을 쳐버리면 아이의 호기심이 위축될지도 몰랐다. 이러지도 저러지도 못하고 꿀 먹은 벙어리처럼 벽만 바라보고 있었더니, 그런 엄마가 답답했는지 아이가 재차 물어왔다.

- 엄마? 하면서 뭘 느꼈느냐고요?
- 아, 뭘 느꼈느냐고? 음…. 이걸 하면 아기가 생길 수 있으니까, 아기를 잘 키울 준비가 되어 있을 때 해야겠다는 걸 느꼈지.
- 그렇구나!

아이가 궁금해 한 느낌이 '그' 느낌이 아니라 '이' 느낌이었음을 깨닫고는 가슴을 쓸어내렸다. 이로써 혼자 음란마귀에 씌어 있던 40대 아줌마는 간신히 평정심을 되찾을 수 있었다. 물론, 느끼한 아저씨들이 이 얘기를 들으면 또 '욕구 불만' 때문이라고 해석하겠지만.

아들의 '성 고문'은 다행히 그 선에서 끝났다. 하지만 날이 갈수록 호기심은 풍선처럼 부풀어 오를 것이다. 그때마다 매번 엄마에게 물어올까? 모르는 게 없는 전지전능한 사람 같던 엄마가 갑자기 얼굴이 벌게지고 땀을 뻘뻘 흘리고 말을 더듬거린 것을 아이는 분명 기억할 것이다. 모르긴 몰라도, 친구들과 인터넷 등을 통해 은밀히 지식을 습득해가겠지.

그래도 출생의 비밀을 알고 싶어 하는 가람이의 질문 공세에 대충 둘러대지 않고 솔직하게 대답한 것이 잘못이었다고는 생각지 않는다. 다만, 거의 반사적으로 임신과 연관 지어 모범답안 비슷한 얘기를 내놓은 것은 스스로 생각해도 좀 유감이다. 아마도 내가 학창시절에 그런 관점의 성교육을 받았기 때문이리라. 생각해보면, (부부의) 성은 꼭 임신과 출산을 전제로 하는 것인 것처럼 배우지 않았던가. 그래서 10대 시절의 나는, 아기를 더 낳을 계획이 없는 부부는 (당연히!) 잠자리를 안 갖는 줄로 알았더랬다. 그게 아님을 알았을 때의 그 충격이란!

남녀의 성이 꼭 종족 번식을 위한 것만은 아님을 가람이도 언젠가는 알게 되겠지.

아이의 성장과정에서 맞닥뜨리게 되는 이런 당황스러운 순간에 또 다시 아쉬워지는 것은 아빠의 빈자리다. 특히 아들에게는 아빠의 부재가 더욱 치명적일 터.

엄마아빠가 서로 대화하고 스킨십을 나누며 애정을 확인하고 친밀감을 표현하는 모습을, 엄마아빠가 싸우고 화해하며 서로 소통하고 신뢰를 쌓아가는 모습을, 엄마아빠가 역할을 분담하고 협력하며 가정 운영의 공동 주체로서 책임을 다하는 모습을 아이에게 보여주었어야 했다. 아이가 자라면서 결혼생활의 이상적인 (적어도 평범하기라도 한) 모델을 접할 수 있어야 했다. 하지만 가람이는 그런 기회를 원천 봉쇄당한 것이나 마찬가지다.

그럼에도 불구하고 제발 우리 가람이가 좋은 배우자를 만나 행복하게 잘살기를… 그리고 엄마의 이런 소원이 부디 과한 욕심이 아니기를…

엄마, 혹시 이혼했어요?
아이에게 커밍아웃을

저녁을 먹고 난 후 아이가 갑자기 뭔가를 낑낑대며 들고 왔다. 보자기로 꽁꽁 싸서 장롱 구석에 모셔놓은 사진앨범을 용케 찾아낸 모양이다.

- 가람아! 앨범은 갑자기 왜 들고 와?
- 선생님이, 어렸을 때 찍은 사진 한 장씩 갖고 오래요.

아이는 복잡 미묘한 표정으로 앨범을 펼쳤다. 미처 피할 새도 없이 아이와 같이 보게 된 '그 시절'의 사진들. 아이의 시간여행에 묵묵히 동행하는 수밖에. 불과 10여 년 전, 디카·폰카가 아직 대중화되기 전 필름카메라로 찍은 사진들인데도 마치 내 부모 세대의 옛날 사진들처럼 고풍스럽기 이를 데 없다.

앨범을 한 장씩 들춰보던 아이는 아기 시절 자신의 홀딱 벗은 모습을 보고는 부끄럽다는 듯 혼자 킥킥거리곤 했다. 그러다 아이의 눈길이 유난히 오래 머무는 사진들이 있어 시선을 따라가 보면 영락없이 엄마아빠(=나와 전 남편)가 함께 웃고 있는 사진들이다.

'우리가 그랬던가?'
'그래, 그랬었지.'

아이를 품고 낳고 기르는 동안 젊은 부부는 한동안 행복했던 것도 같다. 아이는 가족이 함께 살던 그 시절의 사진들을 뚫어져라 보고, 또 보았다. 사진 속에서 무슨 단서라도 찾아내겠다는 듯이.

'난 엄마만 있는 게 아니야! 아빠도 있단 말이야!'
'나 어렸을 때는 아빠랑 같이 살았단 말이야!'
'아빠도 나를 예뻐했단 말이야! 아빠가 나를 미워해서 떠난 게 아니란 말이야!'

아이가 갑자기 날 불렀다. 곧이어 가장 피하고 싶던 그 질문이 날아왔다.

- 엄마! 엄마랑 아빠는 왜 따로 살아요?
- 으응… 그건….
(침묵)
- 혹시… 이혼… 했어요?
(침묵)
- 으응, 그래, 이혼했어.

올 것이 온 거다. 언젠가는 맞닥뜨려야 할 일, 피하고 싶다고 해서 피할 수 있는 일이 아니었다. 내가 먼저 말을 꺼낼 배짱은 없으니 아이가 먼저 물어봐 준 게 차라리 잘됐다 싶었지만, 아이의 조그만 얼굴이 돌덩이처럼 굳어지는 것을 보고 있자니 가슴이 와르르 무너져내렸다. 돌덩이가 된 아이 얼굴이 날카로운 모서리로 내 가슴을 짓이겨대고 있었다. 그래도 아프다는 말을 할 수 없었다. 그런 내색을 해서도 안 되었다. 내게는 그럴 자격이 없으니까.

잠시 숨을 고른 후 그동안 수천, 수만 번 마음속으로 되뇌었던 얘기들을 속사포처럼 쏟아냈다. 언젠가 이런 날이 오리라 예상하고 혼자 모의고사 치르듯 준비했던 얘기들.

이혼은 전적으로 엄마와 아빠 사이의 일이라고, 엄마아빠가 같이 살면서 싸우는 것보다는 따로 살면서 안 싸우는 게 낫지 않느냐고, 엄마로서 아빠로서 너를 사랑하는 마음에는 변함이 없다고, 등등.

아이는 엄마 말이 그럴듯하게 들렸던지 고개를 끄덕거리더니 다시 질문을 던졌다.

- 그런데 왜 이혼했어요?
(침묵)
- 음… 그건… 엄마와 아빠가 서로 맞지 않았기 때문이야.
- 그러면 왜 결혼했어요?
(침묵)
- 음… 그건… 자기 자신과 상대방에 대해 미처 잘 알지 못했기 때문이야.

예상치 못한 질문에 진땀이 뻘뻘 났다. 모의고사치고는 적중률이 형편없었다. 아이 입장에서는 서로 좋다며 결혼해놓고 다시 헤어지는 어른들이 이상해 보일 것도 같았다. 하지만 왜 이혼했느냐는 물음에 곧이곧대로 답할 수는 없는 노릇이다. 적당한 미화가 필요하므로 두루뭉술하게 둘러대긴 했지만, 사실 '서로 맞지 않았음'은 진실에 가까운 표현이기도 했다. 특히 배점이 가장 높은 마지막 서술형 문제, '그러면 왜 결혼했느냐'는 물음에서는 결국 '미성숙하고 어리석었음'을 인정해야 했다.

아무튼 중요한 것은 아이가 받을 충격을 최소화하기 위해 어른들이 같이 노력하는 것일 텐데, '이혼'이라는 말에 담긴 부정적 관념들을 아이가 자라면서 내면화하게 될 것이 두려울 뿐이다.

아이는 그 작고 여린 가슴에 이 얘기들을 어떻게 다 구겨 넣었는지 모르겠지만, 곧 이 주제에 관심이 사라진 듯 다시 평소의 관심사로 돌아갔다.

이제 아이는 엄마를 통해 알아낸 '집안의 비밀'을 어떻게 소화해낼까? 그리고 엄마의 커밍아웃을 어떻게 받아들일까? 질문은 앞으로도 계속될 것이고, 사춘기가 되면 한층 까칠한 버전으로 바뀌겠지. 이 같은 두루뭉술한 대답이 그때 가서도 통할까? 그때 되면 또 그때대로 답이 있을까?

아이가 보다 만 앨범을 끌어다 다시 한 장 한 장 넘겨보았다. 팽팽한 젊은 부부가 아기를 안고 웃고 있다.

청춘을 함께 보낸 우리, 그러나
아이 생일에 전남편과 함께

- 오늘, 가람이 생일인 것 알지? 저녁에 외식하려고 하는데, 특별한 일 없으면 같이 해.

- 알았어. 거기로 갈게.

짤막한 답문이 왔다. 행간에건 자간에건 감정이라곤 쌀 한 톨만큼도 담기지 않은 문자. 그 흔한 이모티콘 하나 없는, 용건만 이야기하는 경제적인 소통. 이미 끝난 우리 사이에 용건이 있다면 그건 가람이에 관한 것일 수밖에.

그래, 아이의 탄생은 양가의 행복이었지. 제왕절개로 낳는 바람에 나만 아이를 직접 대면하지 못하고 식구들을 통해 아이의 생김새를 전해 들었던 기억이 난다. 며칠 후 불편한 걸음걸이로 신생아실에 내려가 유리창 너머로 처음 가람이를 만났을 때의 그 반가우면서도, 낯설면서도, 어딘지 모르게 핏줄이 당기던 그 느낌도…. 1년 후에는 친지들을 불러놓고 돌잔치를 했던가.

그리고 이제 10여 년이 지나 (그 사이에 참 많은 일들이 있었고) 다시 그날을 맞이했다.

이런 때야말로 '아빠'가 필요하다. 아이의 생일을 엄마와 똑같은 마음으로 기뻐하고 축하해줄 사람은 아빠니까. 비록 우리는 남남이 되었지만 아이를 키우는 일에 있어서만큼은 서로 적극 협력하기로 약속하지 않았던가. 바로 오늘 같은 날이 그런 협력을 필요로 하는 날이다.

- 와! 아빠다!!!

아빠가 선물까지 사들고 등장하자 아이는 환호성을 질렀다. 아이는 아빠를 향해 영화의 한 장면처럼 뜀박질을 시작했다. 힘차게 뛰어오는 아이를, 아빠는 만면에 웃음을 띠고 드라마틱하게 안아 올렸다.

부자의 감격스러운 상봉 장면을 보고 있자니 갑자기 코끝이 시큰거렸다. 왠지 미안해지기도 했다. 이토록 서로 사랑하는 두 사람을 내가 갈라놓은 것 같기도 하고, 아이의 커가는 모습을 지켜볼 아빠의 권리를 빼앗은 것 같기도 하고, 아이에게 '아빠 없는 삶'을 강요하고 있는 것 같기도 해서.

가람이는 엄마와 아빠 사이에서 양쪽 손을 꼭 잡고 붕붕 뛰어올랐다. 가람이로서는 이렇게 셋이서 어디를 간다는 게 희귀한 이벤트니, 엄청 신나는 일일 게 분명했다. 나로서는 신나기는커녕 불편하고 어색한 시간이지만.

우스운 것은, 식당에 들어가 종업원의 안내를 받아 자리를 잡는데 어깨에 약간 힘이 들어가는 기분이었다는 것이다. 우리도 오늘만큼은 '인적 구성'이 남들처럼 평범하다는 사실이 그렇게 만들어준 모양이다. 그동안 혼자 주눅이라도 들어있었던가. 어른인 나도 이럴진대 가람이는 얼마나 그러했을까.

분위기가 하나도 어색하지 않았다면 거짓말이다. 아이 입장에서야 생일파티지만 어른들 입장에서는 직장상사와 같이 하는 회식만큼이나 피곤한 자리다. 가족도 아니고 그렇다고 생판 모르는 타인도 아닌 애매한 관계. 말도 가려서 해야 하고 행동도 조심스러울 수밖에 없지만, 그래도 최대한 화기애애한 분위기를 조성해 아이의 생일을 축하해주고 아이로 하여금 부&모의 사랑을 듬뿍 느끼게 해준다는 것이 오늘의 미션인 만큼, 우리는 각자 최선을 다했다.

- 가람아! 오늘은 네가 엄마에게 와준 날이네. 엄마의 아들로 태어나줘서 고마워!
- 그래, 가람아! 네가 태어났을 때 아빠가 얼마나 기뻤는지 알아?

내내 들떠있던 아이는 잠시 우리 눈치를 보더니 작정한 듯 한 마디를 날렸다. 벼르고 별렀던 듯.

- 엄마! 아빠! 우리 다시 같이 살면 안 돼요? 같이 살아요!

당황한 우리는 그대로 묵묵부답이었다. 가슴이 아파왔다. 아이를 위한답시고 잠시 화목한 분위기를 연출한 것이 아이에게 몹쓸 희망을 줬던가. 우리가 아이에게 희망고문을 한 것인가. 다시 또 미안해졌다. 내가 무슨 부귀영화를 누리겠다고 아이 입에서 이런 말이 나오게 하나. 내가 정말 나쁜 엄마구나.

- 가람아! 그 일은 생각을 좀 많이 해봐야 될 것 같아. 아빠가 지금 이 자리에서 대답해주기는 어려운 문제라서….

- 그래, 가람아! 오늘은 가람이 생일이니까 맛있는 것 많이 먹고 재미있게 보내자! 응?

- 네….

아이는 가능성이 거의 없는 일임을 눈치 챘는지, 조용히 일어나더니 화장실에 갔다. 둘만 남겨지자 침묵이 흘렀다. 어색한 침묵을 깬 쪽은 그 사람이었다.

- 가람이 키워줘서 고마워. 당신에게 이 말을 꼭 하고 싶었어.

- ….

- 내 친구 성민이 알지? 걔, 얼마 전에 이혼했어.

- 왜?

- 자세한 이유는 몰라.

- 애는 누가 키우고? 그 집에 남매 있었잖아?

- 응. 성민이가 키우고, 어머니가 왔다 갔다 하신다는데 정말 딱하더라고. 성민이는 와이프가 양육비 받고 애들을 키워줬으면 했는데, 와이프가 싫다고 했대. 아무리 돈을 많이 보내줘도 혼자 애 둘 키울 자신 없다고 그러더래.

- 그랬구나. 그 집도 애들이 어릴 텐데.

- 애들이 엄마를 많이 보고 싶어 한대. 그 얘기 듣는데, 당신 생각이 나더군. 가람이 옆에서 엄마 역할 해주고 있어서 정말 고마워.

전남편의 입을 통해 다른 부부의 파경 소식을 듣고 있었다. 때마침 아이가 돌아와 자리에 앉자마자 던진 말은 이랬다.

- 엄마! 아빠! 저, 괜찮아요!

아이의 말이 귓전에 닿는 순간 사레가 들리고 말았다. 발작적으로 기침이 터져 나왔다.

………

집에 돌아오는 길, 재결합은 아이가 던진 화두가 되었다.

물론 청춘을 함께 보낸 우리, 서로의 생물학적 전성기를 기억하고 있고 남들이 모르는 둘만의 역사를 갖고 있지만, 이젠 그것으로 족하다 싶다. 정말 중요한 것은, 비록 헤어졌어도 서로에게 예의를 지키는 것일 것.

아이에게 있어 따로 사는 아빠는 한없이 그리운 존재일 테다. 내 입장에서는 아이의 그런 감정을 이해하고, 아이가 아빠를 사랑하고 존경하며 성장할 수 있도록 최대한 도와야 할 테다. 전남편에게 섭섭하고 원망하는 마음이 있어도 아이 앞에서 드러내지 않으려 애쓰는 것도 그 때문이다. 아이 앞에서 아빠에 대한 부정적 언급을 삼가고, 아빠에 관해 이야기할 때 깍듯이 존대법을 사용하는 것도 그 때문이다. 그것이 아이의 정서 발딜에 바람직할 거라고 믿기에, 정말 의식적으로, 노력하는 거다. 물론 아이 아빠도 나와 같은 마음으로 노력하리라 믿으면서. 어른들이 최소한 아이 앞에서 상대방을 비난하는 일만 하지 않아도 아이의 상처는 좀 더 빨리 아물 테니까.

엄마만을 위해서 쓰세요
어버이날 받은 용돈

- 엄마, 이거, 받으세요.
- 이게 뭔데?
- 오늘이 어버이날이잖아요. 엄마한테 용돈 드리는 거예요.
- 뭐? 용돈?
- 그런데 저를 위해 쓰지 마시고요, 생활비로도 쓰지 마시고요, 엄마만을 위해서 쓰세요.

학교에서 돌아온 아이가 호주머니를 뒤적이더니 만 원짜리 한 장을 내밀었다. 아침에 가슴에 달아준 수제(手製) 카네이션만으로도 완전 감동이었는데 그게 전부가 아니었던 거다. 꼬깃꼬깃한 만 원짜리를 내려다보고 있자니 갑자기 눈물이 핑 돌았다. 어린 맘에 어떻게 이런 생각을 했을까 싶어 가슴이 저려왔다. 용돈이라니…. 용돈이라니…. 자식이 주는 용돈을 이리 빨리 받게 될 줄이야.

하지만 한편으로는 어린애가 선물이 아닌 용돈을 줄 생각을 했다는 것이 당혹스럽기도 했다. 작년까지만 해도 고무장갑이니, 머리핀이니, 앙증맞은 선물을 내밀던 아이였는데. 혹시라도 내가 평소에 돈을 밝혔던가? 아이 앞에서 돈 얘기를 많이 했던가. 아냐. 아냐. 돈이야 늘 아쉬웠지만 아이 앞에서는 그런 내색을 한 적이 없었다. 혹시나 밤중에 잠꼬대를 했는지 그것까지는 모르겠지만, 적어도 내 기억에 그런 일은 없었다. 그래, 어쩌면 어른들 흉내를 한번 내본 것일지 몰랐다. 장성한 자식이 용돈 봉투를 내밀 때 연로한 부모들이 흐뭇해하는 장면을 종종 봤을 테니. 그래, 그렇게 생각하자.

게다가 오로지 엄마만을 위해 써야 한다고 용처를 제한하기까지 했다! 그렇게 하지 않으면 엄마가 자기 성의를 무시하고 엉뚱한(?) 데 써버릴 것 같았나 보다. 하긴, 엄마들이 좀 그런 경향이 있긴 하지. 자기 자신을 위해 쓰는 돈은 아까워 벌벌 떨면서도 자식을 위해서는 아까운 줄 모르고 펑펑 써대는.

- 아니, 네가 무슨 이런 걸…

감격에 겨워 목이 메어왔다. 그런데 이야기가 좀 이상하게 흘러갔다.

- 왜요? 이상해요 엄마? 그럼 제가 다시 가질까요?

내미는 돈을 받지 않고 보고만 있으니까 아이는 이를 거절의 표현으로 받아들였던 모양이다. 단번에 받아 넣기 뭣해서 사양의 예를 표했을 뿐인데 아이는 야속하게도 얼른 다시 거둬들일 기세였다. 어허, 남한테 줬다가 도로 뺏는 것은 상도의에 어긋나는 일이거늘!

- 엥? 그런 법이 어디 있어? 얼른 이리 내!

독수리가 먹이를 낚아채듯 광속으로 돈을 낚아챘다. 엄마의 탐욕스러운 손놀림을 본 아이는 흐뭇해하는 기색이 역력했다. '엄마가 좋아할 줄 알았다니까!' 뭐, 이런 건가?

- 고마워 가람아. 잘 쓸게. 와! 우리 가람이 다 컸네! 엄마한테 용돈을 다 주고.

그 만 원짜리는 지갑 깊숙한 곳에 고이 모셔두었다. 가람이의 뜻대로, 언젠가, 꼭 나만을 위해 값지게 쓰기 위하여.

내 새끼, 내 힘으로 못 키우랴만
양육비 유감

　모 재벌가 여성이 남편과 이혼했다는 소식이 뉴스에 대문짝만 하게 나온 것을 봤다. 재벌가 딸의 이혼이 처음 있는 일도 아니고 이혼 사유도 별로 궁금하지 않은데, 그 커플이 어떤 조건으로 갈라서는지는 좀 궁금했다. 하지만 아무리 기사를 읽어봐도 도통 알 수가 없다. 재벌들은 대중들의 질시 어린 시선을 차단하기 위해선지, 어지간한 것들은 죄다 '안 알랴줌'으로 처리하는 집단이라 뉴스를 봐도 알 수 없는 것이 당연하겠지만, 차라리 모르는 게 나을 것 같다는 생각도 든다. 이 정글 같은 자본주의 사회에서 그녀와 나의 신분의 격차는 귀족과 평민의 차이쯤 될 테니.

　그나저나 돈 많은 이혼녀를 노리는 사냥꾼들이 많다니 그녀가 흉한 일이나 당하지 않기를. 사랑한다며 돈을 빌려달라는 남자나, 사랑한다면 믿고 투자하라는 남자들은 부디 멀리하기를. 하긴, 그녀 정도의 귀족 돌싱녀라면 주변의 전문 인력들이 알아서 걸러줄 것이고, 외로움을 주체 못하고 방심했다

'먹튀'들의 제물이 되는 것은 '평민' 돌싱녀들인 것을.

……….

하루 종일 기다렸는데도 전남편은 결국 연락이 없었다. 오늘까진 무슨 일이 있어도 입금하겠다고 큰소리 친 것이 스스로 부끄럽지도 않을까. 지키지도 못할 약속은 왜 해서 희망고문을 하는 건지 모르겠다. 지금까지 늘 그래 왔듯이, 이번 약속도 물 건너간 것이 확실했다.

이렇게 보기 좋게 바람을 맞은 것은 내 사정이고, 그렇다고 해서 납부 기한을 어기는 것은 자존심이 허락지 않는 일이다. 이렇게 될 것을 예상하고 미리 마련해둔 대안이 있었기에, 급한 대로 돈을 융통해서 이체해놓고는 마트로 향했다. 가람이가 좋아하는 반찬이며 간식거리를 양손 가득 들고 돌아오는데, 갑자기 부아가 치밀기 시작했다. 난 이렇게 허리가 휘도록 가람이 뒷바라지를 하는데 '그 인간'은 애비 노릇도 안 하면서 애비 행세를 하고 애비 대접 받을 것을 생각하니 기가 막혔다.

'손 안 대고 코 푼다는 게 이런 거구나!'

돈처럼 사람 피 말리게 하는 게 또 있을까. 전남편이 보내오는 양육비는 수시로 끊기곤 했다. 어쩌다 입금이 된다 해도 액수가 들쭉날쭉해, 그 돈을 계산에 넣고 살림을 꾸렸다가는 다달이 펑크가 날 판이다.

양육비가 입금될 때면 내 마음은 반쪽으로 갈라져 혼란스럽기만 하다. '당신이 10원 한 푼 안 보태줘도 내 힘으로 잘 키울 수 있으니 더 이상 받지 않겠다'고 선언해버리고 싶은 마음이 반, 전남편으로 하여금 부모로서의 공동 책임을 이행하도록 하기 위해서라도 그 돈이 내게 필요하건 아니건 꼭 받아내야 한다는 마음이 반, 그러하다.

하지만 그런 갈등의 순간은 오래 가지 않는다. 아니, 갈등을 하고 말고 할 것도 없다. 이토록 냉엄한 현실에서 자존심을 내세워 통장에 들어오는 돈을 마다할 수 있는 사람이 얼마나 될까? 전남편이 보내오는 소액(실제 아이를 키우는 데 들어가는 액수에 비하면 확실히, 진짜, 소액이다)에 연연하고 싶지 않지만, 그 액수를 아주 무시할 수도 없는 것이 현실이니까.

이번에도 또 몇 달째 감감무소식이었다. 인내심을 발휘해보긴 하지만, 기약 없는 기다림은 짜증과 피로를 불러오기 마련. 한 번씩 확답을 요구하는 문자를 보낼 때마다 그쪽의 반응은 점점 신경질적으로 변해갔다. 빚 독촉이라도 당하는 기분이었나? 그러면서 약속한 날짜가 바로 오늘이었다. 그런데 그래 놓고 또 식언을 한 것이다.

그는 왜 번번이 이러는 걸까? 내가 양육비를 아이를 위해 쓰지 않고 흥청망청 사치라도 할까 봐? 아니면, 이미 헤어진 여자에게 주는 돈은 단돈 10원도 아깝게 느껴져서? 아니면, 나에게 아직 앙심이 남아서 이런 식으로라도 복수를 하겠다? 어떤 경우라 해도 참 못난 심보다. 상대가 누구든 말을 꺼내기 껄끄러운 것이 바로 돈 이야기다. 아이를 키우고 있으니 당당히 양육비를 요구하는 건데, 받는 사람이 주는 사람의 심기를 살펴야 한다면 이거야말로 주객전도가 아닌가. 돈을 기다리게 만드는 사람들이 참 싫다. 돈 때문에 비참해지고 돈 때문에 가슴 졸이게 되는, 그런 상황을 만드는 사람들이 참 싫다.

양육에 불성실한 아빠, 자식에게 무책임한 아빠를 응징할 수 있는 방법이 없을까? 마음 같아서는 양육비를 꼬박꼬박 보내지 않으면 가람이를 못 보게 하고도 싶지만, 그럴 권리가, 유감스럽게도 내게는 없다. 아이가 아빠를 만날 권리, 아빠가 아이를 만날 권리, 그 천부의 권리를 누가 침해할 수 있단 말인가. 게다가 아이로 하여금 아빠를 못 만나게 하는 것은 비교육적인 처사이기도 하다. 아빠와 같이 살지는 않더라도 아빠와 꾸준히 교류하는 것, 아빠에 대해 긍정적 이미지를 갖는 것은 아이의 자존감을 좌우하는 중요한 요소이기 때문이다. 가람이 앞에서 아빠에 대한 부정적 이야기를 삼가는 것도 그 때문이거늘….

그러니 어찌 보면 아빠의 이미지 관리를 내가 도와주고 있는 셈인데, 역설적이게도 그러는 동안 내 이미지는 형편없이 망가져가고 있다. 매일 잔소리나 하는 구두쇠 엄마에 비하면, 어쩌다 가끔 만나는 아빠는 산타클로스 같은 존재일 것이다. 그래서 가끔은, 고생은 고생대로 하면서 나만 악역을 맡고 있다는 생각에 심통이 나기도 한다.

그런데 정말 충격적인 사실은, 이렇게 양육비를 찔끔찔끔 받는 내가 그나마 나은 경우에 속한다는 거다. 47만 가구나 되는 전국의 한부모 가정 중에서 양육비를 정기적으로 받는 경우는 6%도 안 될뿐더러, 양육비를 한 번도 받은 적이 없는 경우가 80%를 넘는다니 말이다. 다행히 얼마 전 정부에서 양육비이행관리원을 만들어 지원에 나서고 있긴 하지만, 상대방의 재산·소득을 조사할 수 있는 권한이나 양육비를 강제로 받아낼 수 있는 권한이 없어 성과가 기대에 못 미치는 모양이다.

내가 낳은 내 새끼 내 힘으로 못 키우랴만, 그래도 꿈이라도 하나 꿔본다면, 이런 거다. 일단 정부가 먼저 한부모 가정에 양육비를 지급하고, 그 후에 비양육 부·모에게 구상권을 청구하면 어떨까? 그렇게만 된다면 한부모 가장들이 일단은 걱정 없이 아이들을 키울 수 있으련만. 저출산을 극복하기 위해 아이를 많이 낳도록 하는 것도 중요하지만, 이왕(?) 태어난 아이들이 잘 자랄 수 있도록 뒷받침하는 것도 중요한 일이지 않은가.

그나저나 이런 정책이 실제로 시행되는 그런 날이, 올까? 우리나라에서?

자식은 크면 정말 엄마를 찾아올까
그녀가 투잡족이 된 사연

- 민준이는 언제 만났어?

- 일주일쯤 됐어.

- 잘 지내지?

- 응. 아주 잘 지내던데? 엄마인 내가 섭섭할 정도로⋯.

- 애가 엄마 빈자리 탓하지 않고 잘 커주니 얼마나 다행이니? 섭섭해 하지 말고, 너도 재미있게 살아. 영주 너는 24시간을 자유롭게 쓸 수 있잖아. 난 네가 부럽다, 얘.

- 내가 부럽다고? 언니! 그런 말 하지 마. 난 언니가 부러워. 언니는 애를 데리고 있잖아! 매일 애를 보잖아! 난 언니가 가람이 얘기할 때마다 가슴이 아파! 사람들이 집에 가서 애들 밥 차려줘야 한다고 할 때마다 가슴이 무너져 내린다고!

영주의 마지막 말은 흡사 절규 같았다. 그렁그렁해지는 영주의 눈가를 보며 아차, 싶어졌다. 가슴이 뜨끔했다. 같은 돌싱인 영주가, 내가 하는 말에 그토록 상처를 받아왔으리라고는 짐작도 하지 못했다.

………

영주는 아들을 만날 때마다 섭섭했나 보다. 오매불망 아들 보기만을 기다리는 영주는 아들과 함께하는 순간순간이 기쁨이고 반가움이고 감동인데, 민준이는 엄마를 덤덤하게 대하는 모양이었다. 원래 아들은 사춘기가 되면 엄마와 멀어진다지만, 아이를 전남편에게 뺏겼다고 느끼는 영주 입장에서는 민준이의 그런 태도가 서운하기도 할 것 같다.

- 엄마 보고 싶었다는 소리도 한 번도 한 적 없어. 연예인 이야기나 하고, 친구들이랑 축구한 이야기나 하고, 그러지. 그래서 한 번은 내가 물어봤어. 엄마 만나면 반갑지 않느냐고… 엄마가 그립지 않았느냐고… 왜 그런 얘기를 한 번도 안 하느냐고…

- 그랬더니?

- 그런 얘기 부담스럽대. 그냥 재미있는 얘기만 하고 헤어지고 싶대. 난, 엄마의 빈자리가 너무 크다고, 엄마와 같이 살고 싶다고 말해주길 바랐는데…

뿐만 아니다. 모자간의 만남은 한쪽이 다른 쪽을 일방적으로 짝사랑하는 사이처럼 진행되곤 한다. 영주가 민준이와 오래오래 같이 있고 싶어 하는 데 반해 민준이는 귀가를 서두를 때가 많다. 그래서 쇼핑, 영화 보기 등등 영주가 계획했던 프로그램은 흐지부지되고 간단한 한 끼 식사로 만남이 끝나버리는 것이 다반사다.

그래도 영주 입장에서는 그런 짧은 만남이라도 감사할 일인 것이, 만남 자체가 연기·취소될 때도 많기 때문이다. 학교 다니랴, 학원 다니랴, 수행평가 준비하랴, 친구들과 어울리랴, 이런저런 일로 바쁜 중학생 아들은 엄마와의 약속을 지키는 것이 점점 어려운 일이 되고 있었다. 그런데 사정 모르는 사람들은, 아들이 엄마로부터 버림받았다고 느껴서 엄마를 거부하는 걸로 오해하는 모양이었다.

- 나더러 혼자 편하게 살려고 애 두고 나온 것 아니냐는 식으로 말하는 사람도 있는데, 뭘.

또, 애를 안 키우는 엄마라면 이혼의 책임이 있을 거라 예단하고 (오지랖 넓게) 이혼 사유를 추리해보는 시선도 영주에게는 적잖이 상처가 되는 듯했다. 시댁과의 갈등에 남편과의 불화가 이어지며 원치 않는 이혼을 해야 했던 영주로서는 이래저래 억울하고 답답할 노릇이다. 남편에게는 더 이상 미련이 없었지만 아이만큼은 데리고 나오려 했던 영주는 아이의 변심(또는 변덕)에 속을 태워야 했다.

- 애가 처음에는 엄마를 따라가겠다고 하더니 나중에는 안 따라가겠다고 하더라고. 엄마를 따라가면 고생할 수도 있겠다는 생각이 들었나 봐. 엄마는 이렇게 속이 타는데 너는 그래도 네 살 길 찾는구나 싶어서 정말 섭섭하더라. 그런데 알고 보니, 부모가 이혼한 친구가 있는데 그 애가 말렸대. 그 애의 형이 엄마와 사는데, 둘이 너무 힘들게 산다면서⋯. 사실 나도 혼

자 애 데리고 살 생각하면 겁이 나긴 했어. 경제력이 없었으니까. 그래도 애가 나를 따라 나온다고 했으면 어떻게든 둘이서 살 방도를 찾았을 거야. 그랬을 거야.

도중에 말을 바꾸는 바람에 엄마를 크게 실망시킨 민준이는, 엄마가 자기를 버린 게 아니기 때문에 엄마를 원망하지 않는다고 한단다. 자식은 크면 엄마를 찾아온다던가. 영주는, 그 말이 헛말이 아니기를 바라고 있다. 실제로 민준이가 처음 그런 비슷한 말을 했을 때 영주는 얼마나 기뻐했는지 모른다.

- 정말 그랬어. 처음엔 중학교만 졸업하면 엄마한테 올 거라고 했어. 그런데 그 시기가 점점 늦춰지더라. 나중에는 '고등학교만 졸업하면'으로, 그 다음에는 다시 '돈을 벌게 되면'으로 바뀌더라고. 그런데 지금은 그것도 아니야. 스무 살 넘으면 그냥 독립하겠대.

어차피 '품안의 자식' 아니던가. 아이만 바라보며 버텨온 영주는 어느새 독립된 삶을 꿈꾸는 아이를 보며 허탈해지면서도, 자연스러운 성장의 과정으로 받아들이려 애쓰고 있다. 어찌 보면 아이가 느끼는 엄마의 빈자리보다, 엄마가 느끼는 아이의 빈자리가 훨씬 큰 것 같기도 하다.

- 가뜩이나 이혼녀라는 사실 때문에 스스로 위축되는데, 애가 없으니까 더 위축되는 거야. 세상에 혼자 내버려진 것 같아. 세상에 뿌리를 못 내리고 둥둥 떠 있는 느낌이야. 애만 옆에 있다면 이렇게까지 외롭지는 않을 텐데….

애만 옆에 있다면 힘이 날 텐데….

영주는, 분하고 억울한 마음에 이혼 직후에는 복수를 꿈꾸기도 했었다. 좋은 사람 만나 행복하게 산다더라, 잘난 사람 만나 떵떵거리며 산다더라, 그런 소식이 아이를 통해 전남편 쪽에 전해지길 바랐었다. 가능한 한 빨리 재혼하겠다고 마음먹은 것도 그래서였다. 영주의 이런 무모한 계획에 브레이크가 되어준 것은 역시나 민준이. 아이에게 새아빠가 생기는 것이니만큼 신중을 기해야겠다는 때늦은 자각 덕분이었다.

영주는 이제 재혼 생각은 접은 듯싶다. 그래도 '내가 왜 이러고 사나', '어쩌다 내 삶이 이렇게 엉망이 되었나' 싶어서 속에서 천불이 날 때는 정말 몹쓸 생각이 들기도 한단다. 그래도 영주는 그때마다 아이를 떠올리며 마음을 고쳐먹는다.

- 아이에게 상처 준 것도 미안한데, 옆에서 엄마 노릇 못해주는 것도 미안한데, 내가 죽기라도 하면 그건 정말 아이 가슴에 비수를 꽂는 거잖아. 아이가 나중에 "우리 엄마 자살했어" 그런 말을 하게 만들면 안 되잖아. 그래서 내가 못 죽는 거야.

정신없이 바쁜 것이 차라리 나을 것 같아서, 그래야 아이 생각을 덜할 것 같아서, 또 어차피 돈도 벌어야 되니까 기꺼이 투잡족이 되었다는 영주. 확실히 전에 비해 얼굴이 야위긴 했다. 영주에게 요즘 화두는 돈이다. 혼자가 되어 세상을 겪어보니 가장 중요한 게 돈이더란다. 그렇다. '가장 중요하다고'까지는 말 못하겠지만, 아이를 키우건 안 키우건 돌싱녀에게 돈은 꼭 필요한 것. 남편도 없는데 돈이라도 있어야 하지 않나. 지나친 집착으로 인해 또 다른 불행으로 이어지지만 않는다면.

시험성적이 떨어져 휴대폰을 압수당했다는 민준이는, 매일 정해진 시간에 집전화로 엄마에게 전화를 건다. 영주는 아이로부터 전화가 걸려올 시간이라며 내내 초조하게 휴대폰만 내려다보고 있다.

결손가정 출신의 관심아동?
우울감의 뿌리는 아이에 대한 죄책감

- 아이에 대한 죄책감 때문에 너무 괴로워요. 아이가 항상 주눅이 들어있는 것이 다 가정환경 때문인 것 같아요. 아이에게는 엄마와 아빠, 둘 다 필요하잖아요. 껍데기뿐인 가정일지라도 그냥 유지했어야 하는 것 아닐까, 그런 생각이 계속 들죠. 아이가 받았을 상처를 생각하면 너무 미안해서, 아이를 볼 때마다 마음이 약해져요. 그래서 단호하게 야단을 쳐야 할 때도 그렇게 못하겠어요. 마치 아이가 '갑'인 것 같고 제가 '을'인 것처럼 느껴져요. 엄마로서의 자신감도, 권위도, 주도권도 다 잃어버린 것 같아요. 이 죄책감을 어떻게 다뤄야 할지, 정말 모르겠어요.

- 그냥 결혼생활을 유지하셨더라면 아이가 더 행복했을까요?

- 꼭 그렇게 볼 수는 없다는 것을, 저도 알고 있어요. 이혼 가정의 아이들이 부모가 싸우는 가정에서 자라는 아이들보다 자존감이 높다는 연구결과도 있더라고요.

- 지금은 어떤 상황에서든 귀책사유를 이혼으로 보시는 거고, 그래서 죄책감을 느끼시는 건데, 그건 옳지 않습니다. 아이에게도, 그 누구에게도 좋지 않고요. 보통 환경의 엄마들처럼 아이를 대할 수 있으려면 심리적 에너지가 더 필요합니다. 그러니 일단 엄마 스스로 심리적 컨디션을 호전시켜야 합니다.

의사의 말은 전혀 위로가 되지 않았다.

의사는 컨디션 회복을 위해 다시 약을 복용할 것을 권했다. 일단 약봉지를 받아오긴 했지만, 약을 먹는다고 해서 이 죄책감이 사라질지는 의문이다. 지긋지긋한 우울감의 뿌리는 아이에 대한 죄의식인 것을. 엄마로서의 자질도 부족하면서 도대체 무슨 생각으로 자식을 낳았던가. 생식 기능이 정상이라는 것을 자랑이라도 하고 싶었던가.

어쨌든 나는 아이에게서 '아빠와 함께하는 삶'을 빼앗은 장본인이다. 그토록 무책임한 어미인데다 무자비하기까지 했다. 행여 "엄마 혼자 키워서 애가 저 모양"이라는 소리라도 들을까 봐 예의범절을 강조하고 엄하게 대했다. 이제 겨우 열 살이 넘은 가람이가 어디서나 깍듯이 경어를 쓰는 것도 그 때문인지 모른다. 하지만 나와 같은 처지의 엄마들은 안다. 사랑하는 아이에게 모질게 굴게 되는 까닭을…. 그럴 수밖에 없는 현실을….

우울증을 감기처럼 앓고 산다는 해미 엄마도 해미를 키우면서 상담클리닉깨나 드나들었다고 했다. 해미는 아주 어렸을 때 아빠와 헤어져 아빠 얼굴을 기억하지 못한다. 해미는 엄마와 단둘이 사는 것에 완전히 적응된 상태인데, 그것은 또한 엄마의 엄격한 양육방식에 대한 적응이기도 했다.

맺고 끊는 것이 확실한 해미 엄마는 해미가 예의 바르고 현명하고 자주적인 여성으로 성장하길 원했다. 엄마 혼자 키웠다고 '버릇없는 아이'로 손가락질 당하는 일이라도 생긴다면, 그건 정말 용납할 수 없는 일이었다. 해미가 엄마의 그런 기대를 어렴풋이 인식하고 그에 부응하고자 애쓰기 시작한 것은 다섯 살 무렵이다. 그 일이 있고 나서부터.

어느 날 엄마와 들렀던 동네 마트에서 본 알록달록한 젤리는 단번에 해미의 마음을 사로잡았다. 하지만 조악한 포장의 수입과자에 믿음이 가지 않은 엄마는 해미의 간절한 바람을 외면했다. 떼를 쓰던 해미는 급기야 바닥에 드러누워 버렸는데, 이는 고집 센 꼬마들이 흔히 보이는 행동이다. 이럴 때 부모는 어떻게 대응해야 할까? 해미 엄마는 그때의 일을 지금도 후회한다.

- 엄마는 절대 사줄 수 없다고, 알아서 하라고 말하고 그냥 혼자 와버렸어.
- 정말?
- 버릇 잘못 들이면 큰일이잖아. 그때는 그래야 한다고 생각했어. 그게 제대로 키우는 거라고 생각했어.
- 아무리 그래도 그렇지, 어떻게 다섯 살짜리를 혼자 두고 와? 걱정되지도 않았어?
- 응, 걱정할 만한 상황은 아니었어. 왜냐하면, 마트가 집에서 가까워서 애가 혼자 올 수 있는 거리였거든. 애가 혼자 온다 해도 위험할 일이 없었어.
- 그래서 어떻게 됐어? 해미가 혼자 집에 잘 찾아왔어?
- 내가 떠나고 나서 5분쯤 지나니까, 애가 포기했는지 일어나더라. 일어나서 혼자 집에 오더라. 나도 오면서 계속 힐끔힐끔 돌아봤지. 그런데 애가 나를 발견하고는, 막 달려와 내 품에 안기더니 엉엉 울더라. 울면서, 잘못했다

고, 다시는 안 그러겠다고 막 빌더라.

- 애가 많이 놀랐나 보네.

- 응, 그랬나 봐….

해미 엄마는 소기의 목적을 달성했지만, 그날 밤 해미가 밤새 악몽에 시달리는 것을 지켜봐야 했다. 나중에는 경기 증상까지 보여 한동안 병원과 한의원을 전전해야 했다.

자신을 놔두고 가버린 엄마의 이미지는 두고두고 해미를 괴롭혔던가 보다. 해미는 엄마를 대할 때 내무반 신병이 고참 대하듯 했다. 길을 가다 넘어져도 혼자 힘으로 일어났다. 먹기 싫은 음식도 내색하지 않고 꾸역꾸역 다 먹었다. 갖고 싶은 게 있어도 사달라고 조르지 않았다. 엄마 말에는 무조건 복종했다. 해미 엄마가, 뭔가 잘못되어가고 있다는 것을 느낀 건 몇 년 후 학부모 공개수업이 있던 날이었다. 해미는 교실 뒤에서 보고 있는 엄마가 신경 쓰여 평소에 그토록 잘하던 발표를 망치고 말았다. 엄마가 있는 자리에선 몸도 마음도 뻣뻣하게 굳어버리는지, 아무것도 하지 못했다. 엄마 뒤만 졸졸 따라다닐 나이에 해미는 엄마와 같이 있는 것을 불편해했다.

- 해미 데리고 상담도 많이 받으러 다녔지. 내가 애한테 너무 무섭게 굴었던 것이 문제였나 봐. 그래서 그 뒤로는 달라지려고 많이 노력했어. 애한테 엄하게 하지도 않았고, 내 나름대로는 애한테 잘해주려고 신경 많이 썼어. 그런데도 애는 지금도 나를 무서워하는 것 같아.

- 어떤 식으로 무서워하는데?

- 엄마가 편하다고 말은 하는데, 행동하는 것을 보면 아니야. 지금도 나한

130

테 계속 물어봐. "엄마, 나, 이것 해도 돼?" "엄마, 나, 이것 먹어도 돼?" 하면서 끊임없이 내 눈치를 보는 거지. 그래서 내가 한번은 냉장고 문을 활짝 열어 보여주면서 이렇게 말했지. "해미야, 자, 봐! 여기 냉장고에 채워놓은 음식, 다 네가 좋아하는 것들이야. 우리 집의 주인은 엄마가 아니라 너야. 그러니까 엄마한테 매번 먹어도 되냐고 안 물어봐도 돼." 그렇게 했는데도 별로 달라지지 않더라고.

  - 아직도 시간이 더 필요한가 보네.

  - 그런가 봐. 그런 해미를 보고 있으면 마음이 너무 아파. 내가 성숙하지 못해서 그렇게 큰 상처를 줬구나 싶어서⋯. 그런데 또 그러는 사이에 사춘기가 와버린 거야. 이제는 애가 정신적으로 독립하려 하는 게 느껴져서 허탈하기도 하고 쓸쓸하기도 하고 그래.

  자식을 키우면서 기쁨만 누리고자 한다면 그것도 욕심이리라. 그래도 상처를 준 사람이 치유도 해준다면 결자해지가 되는 것 아닌가. 아이들이 엄마를 가장 필요로 하는 시기에 아이들 곁에 있어주지 못한 수지 엄마는, 그래서 나중에 수지 남매를 데려오고 나선 '아이들 바라기'를 자처했다. 상처받은 아이들의 마음을 달래주기 위해 적극적으로 구애하고 사랑을 표현했다. 전화, 문자, SNS 등 다양한 매체를 동원하여, 수시로, 끈질기게.

  '수지야, 사랑해! 너는 영원한 엄마의 애기야!'
  '수혁아, 사랑해! 빨리 와~ 보고 싶어!'

  수지 엄마는 머잖아 남매의 친구들 사이에서 유명인사로 등극했다. 처음에는 귀찮다고, 징그럽다고 투덜대던 남매는 친구들이 부러워하는 것을 보고는 더 이상 툴툴거리지 않았다. 엄마의 일편단심 애정 세례를 권리를 누리듯, 느긋한 맘으로 누리기 시작했다. 그와 함께, 어딘지 모르게 불안해 보이던 남매의 눈빛도 안정되어갔다.

아빠를 그대로 빼닮은 아들을 볼 때마다 유전자가 무섭다는 생각이 든다는 현규 엄마는, 게임만 파고드는 현규를 보며 속을 끓이곤 했다. 중학생 현규는 공부에 뜻을 잃은 지 오래다. 식당에서 일하는 현규 엄마의 근무시간은 오전 10시부터 밤 10시까지. 출퇴근 시간까지 합하면 13시간이 훌쩍 넘어간다. 현규는 초등학교 때부터 매일 혼자 저녁밥을 차려 먹고 엄마를 기다리며 온갖 게임을 섭렵했다. 그렇게 발을 들여놓은 게임의 세계에서 현규는 고수로 통했고, 게임을 못하게 하려는 엄마와 게임을 계속하려는 아들은 불구대천의 원수지간이 되고 말았다.

- 야단도 많이 쳤지. 그래도 소용없더라고. 언제였나, 애가 또 밤새워 게임을 하길래 뭐라고 했더니 글쎄, 나한테 막 대들더라. 엄마가 나한테 해준 게 뭐가 있느냐면서 말이야. 너무 화가 나서 밖으로 내쫓아버렸어. 반성 좀 하라고 말이야. 그런데 그날 무지 추웠거든. 나는 애가 잘못했다고, 용서를 빌 줄 알았어. 그러면 들어오게 할 생각이었지. 그런데 한참을 지나도 아무 소리가 없는 거야. 그렇게 고집 센 것 보면 정말 자기 아빠랑 똑같다니까!
- 그래서 어떻게 했는데?
- 그럴 때 아빠가 있었더라면, 아니, 형이나 동생이라도 있었더라면 중재자 역할을 해서 일이 해결되었을 텐데…. 결국 내가 졌지. 나가서 데리고 들어왔

어. 오들오들 떨고 있는데 어떡하니? 감기라도 걸리면 어쩌나 싶더라.

- 그렇지…. 엄마 마음이 그렇지….

- 데리고 들어와서 애랑 부둥켜안고 얼마나 울었는지 몰라. 애가 너무 불쌍한 거야. 가정환경이 조금만 달랐더라면, 내가 다른 엄마들처럼 뒷바라지를 할 수 있는 환경이었더라면 애가 이렇게는 안 되었을 텐데 싶어서 너무 괴롭더라. 여자 혼자 산다는 게, 다른 건 그럭저럭 괜찮은데 자식 때문에 참 힘든 것 같아. 주변에 이혼 사실을 비밀로 하는 것도 다 자식 때문이지, 뭐.

- 지금은 어때? 현규, 지금도 게임 많이 해?

- 응, 지금도 많이 하긴 해. 애가 중학생이 되니까 이제는 내가 더 못해보겠더라. 남자애라 그런지 힘으로도 못 이기겠고, 또 애가 나보다 컴퓨터나 게임에 대해 잘 아니까 어떻게 막아야 될지도 모르겠더라고. 그래서 지금은 거의 포기했어. 언젠가는 철이 들겠지.

현규 엄마는 현규가 고등학교를 졸업하고 군대를 갔다 오면 정말 철도 들고 태도가 달라질 것으로 기대하고 있다. 그때부터라도 정신 차리고 열심히 하면, 다시 공부를 하든 기술을 배우든 충분히 따라잡을 수 있을 거라고 믿고 있다. 다만 그러자면 군대에서 나쁜 일을 겪지 않고 무사히 제대해야 하는데, 가끔 군대에서 총기사고가 발생하고 '가해자가 결손가정 출신의 관심병사였다'는 식의 보도가 나오면 가슴이 철렁 내려앉는 것만 같다.

결손가정. 사전에서 찾아보면 '부모의 한쪽 또는 양쪽이 죽거나 이혼하거나 따로 살아서 미성년인 자녀를 제대로 돌보지 못하는 가정'이라 나와 있다. 실제로 군은 부적응 가능성이 높다고 판단되는 이들을 '보호·관심병사'

라는 이름으로 특별 관리하고 있다. 이 특별 관리 대상에는 입대 100일 미만인 사람, 신체결함이 있거나 허약체질인 사람, 결손가정 출신인 사람, 경제적으로 빈곤한 사람, 성소수자 등이 포함된다. 현규나 가람이는 입대하면 일단 무조건 보호·관심병사로 분류되게끔 되어 있는 것이다. 하지만 이들이 군 당국의 각별한 보호와 관심을 필요로 한다는 객관적 근거가 제시된 적은 없다(일단 여기서는 '결손가정 출신자'에 대해서만 딴지를 거는 거다. 그것도, 가족구성원의 유무를 따져 '구조적 결손가정'만 문제 삼고 '심리적 결손가정'은 논외로 치고 있다는 점에서도 허점이 있지만 말이다).

그렇다 해도 당국에서 정말로, 필요한 관리를 적절히 해준다면야 뭐가 걱정이겠는가. 관리를 한답시고 개인의 프라이버시조차 보호해주지 않는 무성의함으로 오히려 집단 따돌림을 당하게 만든다는 등의 이야기가 풍문으로 전해지니, 아들들의 군 생활이 순탄치 않으리라는 걱정에 한부모 엄마들은 마음이 가시방석일 수밖에 없다. 이에 대한 비난이 빗발치자 군 당국이 뒤늦게 '보호·관심병사 제도'의 명칭을 바꾸고 개인 신상의 비밀 보장도 강화하기로 했다니 그나마 다행이긴 하지만 말이다. 쯧쯧.

통하였느냐?
어린이날 떼 지어 놀러 가기

황금색 햇빛이 쏟아지는 화창한 봄날이다. 게다가 무려 '가정의 달' 5월이다.

나같이 가정이 깨진 사람에게 가정의 달은 상당히 피곤한 달이다. 아무것도 안 하고 가만히 있어도 정신적으로 피곤하고, 돌싱의 몸으로 뭘 하자니 그건 또 그것대로 피곤하다.

동네 놀이터와 공원에 신물이 난 아이는 어린이날을 맞아 놀이공원에 놀러가는 꿈을 야무지게 키워왔다. 놀이공원은 아이들을 끌어당기는 거대한 블랙홀. 하루 화끈하게 놀다 오기로는 놀이공원만 한 게 없다. '그까이꺼' 놀이공원, 가는 거야 문제가 아니지만 어린이날에 아빠 없이 둘이서만 노는 모습을 상상해보면 좀 '아니올시다'이다. '짝이 좀 안 맞는 집'이라는 것이 적나라하게 티가 날 테니까. 남의 시선 따위야 무시하며 살고 싶은데, 정말 그러고 싶은데, 그게 어디 마음대로 되던가. 홀아비 사정은 과부가 안다고, 한부모 가정의 엄마아빠들은 이심전심으로 안다. 가정의 달의 이 피로감을, 어린 이날의 이 곤혹스러움을.

이럴 때는 떼로 다니는 것도 한 방법이다. 온라인에서 동병상련의 아픔을 공유하며 어울리던 한부모들, 어린이날을 맞아 거사를 감행하기로 했다. 드디어 오프라인에서 만나기로 한 것이다. 어디서? 물론 놀이공원에서!

놀이공원 매표소 앞에서 접선키로 한 우리는 서로가 서로를 한눈에 알아봤다. 눈치들이 비상해서도 아니고, 가슴팍에 주홍글씨들이 새겨져 있어서도 아니었다. 유모차를 끌고 왔든, 아이 손을 잡고 왔든, 간식 배낭을 짊어지고 짝꿍 없이 혼자 오는 3040은 우리 일행일 확률이 99%니까.

- 저, 혹시 이쁜참새님 아니세요?
- 네, 맞아요. 어떻게 아셨어요?
- 어쩜! 닉이랑 이미지가 똑같으세요!
- 그런가요? 아, 은비맘님이시구나. 반가워요. 얘가 은비예요? 몇 살이에요? 우리 애랑 친구하면 되겠다.
- 앗! 노란주전자님도 오시네요. 저기, 시원파파님도 오시고요.

속속 일행들이 도착하면서 어느새 스무 명이 넘는 무리가 만들어졌다. 올망졸망 서 있던 아이들은 각자 엄마 혹은 아빠 뒤로 숨어서 몸을 비비 꼬더니, 금세 나이와 성별에 따라 몇 그룹으로 나뉘어 몰려다니기 시작했다. 가람이도 몇몇 아이들과 통성명을 하고, 서로 간을 보더니 점점 활동지수가 상승하기 시작했다. 첫 만남의 어색함도 잠시뿐, 나와 아이 둘이서

만 왔더라면 결코 느끼지 못했을 흥겨움과 왁자지껄한 재미가 있었다. 이렇게 여러 가족이 떼 지어 다니니 외롭지도 않을뿐더러, 밖에서 볼 때 '짝이 맞는 집'인지 '짝이 안 맞는 집'인지 알 수 없게끔 혼란을 주는 효과도 있어 일석이조였다.

그런데 엄마와 아빠들도 아이들 수발을 들면서 서로 부지런히 간을 보는 눈치들이었다. 상대방의 성격, 직업, 가치관, 재력, 취향 등을 정밀하게 '스캐닝'하는 분위기인 거다. 한부모 가장들인 만큼 아저씨보다는 아줌마가 훨씬 많아 성비는 지독한 불균형이었지만, 뭐 미팅도 아니고, 문제 될 것은 전혀 없었다. 아니, 어른들끼리 이야기가 잘 통하고 아이들끼리도 잘 어울리면 계속 나들이친구로 지낼 수 있을 것이고, 혹시 마음이 잘 맞는 이성을 만난다면 관계가 더 발전할 수도 있을 테니 최소한 손해는 아닌 거다. 그래서 이날의 주제는 애나 어른이나 똑같았다.

'통하였느냐?'

아이들이 타고 싶어 하는 놀이기구가 무엇이냐에 따라 팀들은 이리저리 '헤쳐모여'를 거듭했다. 덕분에 멤버들이 고르게 섞여 어울리며 정신없는 오전시간을 보내고, 점심시간에 다시 한자리에 모였다.

- 김밥 좀 같이 드세요.
- 전 도시락은 준비 못했고 빵집에서 샌드위치를 좀 사왔는데, 이것도 같이 드시죠. 그런데 이 김밥들, 직접 싸신 거예요? 와! 역시 엄마들은 대단해. 난 우리 아들 아침에 깨우고 밥 먹여서 여기까지 데리고 오는 것도 힘들던데.

- 아네요 시원파파님, 혼자 시원이 키우시는 것만도 대단한 거예요. 시원이가 우리 아들보다 훨씬 의젓한 것 같아요.

- 아네요, 집에서 얼마나 장난꾸러기인데요!

- 우리 애들도 그래요. 집에서는 천방지축, 난리도 아니에요. 밖에서는 좀 덜한데.

- 그런데 노란주전자님은 엄마 혼자 아들 둘 키우기 쉽지 않으실 것 같은데요?

- 저는 딸만 하나 있는데, 만약 애가 둘이었다면 지금보다 훨씬 힘들었을 것 같아요. 신경을 두 배로 써야 하잖아요.

- 실은 돈도 두 배로 들어요.

- 맞아요. 요즘 애 키우는 데 무슨 돈이 그렇게 드는지….

- 그래도 엄마들이야 살림을 원래 하던 사람들이라 좀 낫지만, 아빠들은 어떻게 살림을 하고 사시나 몰라. 아빠들도 참 대단하세요.

아저씨와 아줌마들은 서로 연민을 느낀다. 자기 불쌍한 건 둘째 문제다. 아저씨들은 혼자 돈 벌어 애 키우며 집안 꾸려가는 아줌마들이 애처롭고, 아줌마들은 살림과 육아에 서툰 남자들이 혼자 애 키우며 사는 것이 짠하다. 같은 상처를 안고 사는 사람들. 한부모라는 사실만으로도 동질감을 느끼는 사람. 그동안 어떤 마음고생을 하며 살았을지, 말 안 해도 서로 훤히 아는 거다.

오후에는 아이 하나가 없어지는 바람에 잠시 비상이 걸렸다. 1년 중 미아가 가장 많이 발생하는 날이 어린이날이라더니, 과연…. 애들이 기진맥진할 정도로 놀고 난 후에는 방향이 비슷한 집끼리 일행이 되어 귀갓길을 서둘렀다.

　온라인 세상의 위대함을 새삼 실감한 하루이기도 했다. 인터넷이 아니었
더라면 이름도 모르고 성도 모르는 이 무리를 대체 어디서 만날 수 있었겠
나. 전국 각지에 섬처럼 흩어져 있는 우리를 연결해준 것이 인터넷 아니냔
말이다.

동병상련 알짜배기 여행
1박2일로 떼 지어 놀러 가기

- 얘들아, 여행 재미있었어?

- 네!

- 다음에 또 같이 놀러 갈까?

- 네!

- 다음에는 어디 갈까? 어디 가고 싶어?

- 기차요! 기차 타고 싶어요! KTX요!

다음에는 기차여행이 되겠군. 나란히 앉은 아이 셋(가람이와 남매)은 그새 친해졌는지 다음 여행을 기대하며 병아리들처럼 삐약거렸다.

지난 어린이날 놀이동산 나들이를 같이 갔던 엄마아빠들이 다시 뭉쳐 1박 2일, 짧고 굵은 여행을 다녀왔다. 집이 비슷한 방향끼리 카풀 팀이 꾸려졌고, 나와 가람이는 남매를 키우는 어떤 아빠의 차를 얻어 타게 되었다. 어제 고

만고만한 아이들 셋을 뒷자리에 태우고 대부도를 향해 출발하는데, 전에 한 번 봤다고는 해도 사실 잘 모르는 사이 아닌가. 행여 어색한 침묵이 흐를세라, 육아와 살림을 화제 삼아 수다를 떨기 시작했다.

괜한 걱정이었다. 불행인지 다행인지, 침묵으로 어색해질 틈이 없었다. 뒷자리의 세 아이에게 수시로 이것저것 집어주고 건네주고 치워주려니 입도 바쁘고 손발도 바쁘기만 했다. 차라리 운전을 하는 게 더 편하겠다 싶을 정도. 휴게소에 내려 아이들에게 간식을 사 먹이고 남녀로 나뉘어 화장실에 다녀오면서도, 아이 셋(이상)을 키우는 부모들이 진심 존경스러웠다.

생각해보면, 부모님과 가람이와 함께 떠났던 여행보다는 좀 나은 것도 같다. 뭐가 그리 준비할 것도 많고 알아볼 것도 많은지, 여행을 계획하는 단계부터 부담이 만만치 않았다. 내가 중심이 되어 움직여야 하므로 어디 가서 어떻게 놀 건지, 어디서 자고 무엇을 먹을 건지 등등 2박3일의 프로그램을 짜기 위해 혼자 동분서주했다. 게다가 남편이 있던 때엔 전혀 신경 쓰지 않던 문제들, 즉 자동차 정비와 도로 상황 체크 등등을 혼자 해결하며 교대할 사람도 없이 2박3일 운전을 하고 다녔다. 아니나 다를까, 여행 갔다 와서 나 혼자만 몸살이 났었지.

아무튼 엄마 비슷하게 혹은 보모 비슷하게 세 아이를 돌보면서 무사히 집결지인 대부도에 도착했다. 속속 도착하는 카풀 팀들. 그중에는 여자친구를 데리고 온 싱글파파도 있었다. 그녀는 싱글파파의 아이와도 퍽 친해 보여서, 세 사람이 마치 가족 같은 분위기를 연출해 모두의 부러움을 샀다.

아이들은 펜션 문을 열어주자마자 2층 다락방으로 직행했다. 복층 구조가 신기한지 계단을 오르락내리락하던 아이들. 그중 꼬마 하나는 형과 누나들을 따라다니다 계단에서 살짝 구르는 바람에 울음보를 터뜨리고 말았다.

그런데 재미있는 것은 아이들 사이에서도 곧 대장 노릇을 하는 아이가 나타났다는 것이다. 나이가 제일 많은 것 같지는 않은데 리더십을 타고났는지 어느새 애들을 몰고 다니며 골목대장 노릇을 하고 있었다. 물론 한편에는, 어떤 반감 때문인지는 모르겠으나 골목대장을 따라다니지 않고 'my way'를 외치는 소수도 있었고. 흡사 어른들 세계의 축소판이 아닌가. 어디를 가든 리더를 자처하는 사람이 있고, 리더를 추종하는 사람, 리더에 반기를 드는 사람이 있으니 말이다. 게다가 어떤 모임이든 다양한 캐릭터의 경연이 펼쳐지는 것도 예외 없는 현상이다. 묵묵히 자기 역할을 다하는 사람, 얄밉게 뺀질거리는 사람, 우스갯소리로 분위기를 띄우는 사람 등등. 여기서도 마찬가지라, 남의 아이를 먼저 챙기는 사람이 있는가 하면 끝끝내 자기 아이만 챙기는 사람이 있고, 먹기에 바쁜 사람이 있는가 하면 설거지하기에 바쁜 사람이 있고, 그랬다.

저녁에는 바비큐 파티가 벌어졌다. 숯불을 잘 다루는 아빠가 집게를 잡고 고기를 굽자, 갯벌에서 신나게 뛰어놀았던 아이들이 마파람에 게 눈 감추듯 고기며 소시지며 굽는 대로 먹기 시작했다. 노곤하고 배부른 아이들이 하나씩 다락방으로 철수한 뒤, 다락방에 불이 꺼지고 잠잠해지자 누군가 가방에서 부스럭거리며 뭔가를 꺼냈다. 바로 최종병기, 와인. 그래, 이럴 때는 와인이 제격이지. 종이컵에 따른 붉은 와인을 저마다 폼을 잡고 홀짝였다. 알코올이 들어가면 대개는 말이 조금씩 많아지기 마련이다. 동병상련을 주제로 수다판이 벌어졌는데, 한 가지 확인할 수 있었던 것은 처지가 같다는 것만으로 와락 친구가 되기는 어렵겠다는 것이다. 머리 굵을 대로 굵어진 나이에 서로가 서로를 '친구'로 임명하자면 그래도 상호 간에 나름의 검증 절차가 필요하지 않겠는가. 역시나 신중한 돌싱녀!

기나긴 수다에 다시 출출해진 어른들은 밤참으로 라면까지 끓여 먹고 나서야 자리를 파했다. 그리고 다음 날 아침 다들 권투선수처럼 퉁퉁 부은 눈으로 일어나 보니, 아빠 한 명이 얌전하게 닭죽을 끓여 아침상을 차리고 있었다. 아이들과 어른들 모두를 위한 최적의 아침 메뉴! 정말 살림깨나 해본 주부의 감각이다.

그렇게 우리는 다음 여행을 기약하며 대부도를 떠나왔고, 우리의 카풀 파트너인 남매 아빠는 고맙게도 나와 가람이를 우리 집 바로 앞에 내려주었다. 매너도 좋은지고! 혹시 다음에 또 카풀로 같이 움직이게 된다면 제법 정이 들 것 같은데, 다음 여행은 기차로 떠나게 될 것 같다. 이거, 다행인지 불행인지….

4.
그녀의 달콤 살벌한 일상

나도 아내가 필요해
날마다 펼쳐지는 철인3종 경기

엎드려 걸레질을 한 시간을 했더니 드디어 무릎과 허리에 이상 징후가 나타나기 시작했다. 오늘 나의 저녁은 걸레질로 시작해 한숨으로 끝나는 중이다.

일이 꼬이는 날은 아침부터 뭔가 조짐이 있기 마련이다. 출근길에 지하철을 코앞에서 놓친 것을 시작으로, 스타킹 올까지 나가고 말았다. 전철역 화장실에 들어가 변기 뚜껑을 내리고 앉아 뒤뚱뒤뚱 스타킹을 갈아 신으면서, 오늘은 운수가 사나우니 조심해야겠다고 다짐했건만!

오늘따라 박 이사는 부부싸움이라도 하고 나왔는지 꽤 신경질적이었다. 이런 날은 일단 피하는 게 상책이다. 극도로 몸조심을 한 덕분에 이사와는 아무 일 없이 지나갔지만 폭탄은 예상 밖의 지점에서 터졌다. 팀장은 자기 질문에 바로 대답을 못 했다는 걸 트집 잡아 동료들이 있는 데서 성질을 냈다. 물론 꼬투리를 제공한 것은 나였지만, 팀장의 행동은 위에서 받는 스트레스를 아래에 푸는 행태로밖에 보이지 않았다. 그 스트레스를 받아주는 값도 내가 받는 보수에 포함되어 있을 테니 잠자코 있을 수밖에. 분을 삭이며 퇴근시간까지 버티고 또 버텼다.

이렇게 상사에게 깨진 날은 몸뚱이도 천근만근 무겁기만 하다. 한 시간을 지하철에 시달려 집에 오니 아이는 배가 고프다며 아우성이다. 옷만 대충 갈아입고 냉장고를 뒤져 찌개를 끓이고 상을 차렸다.

공복감은 사람을 더 공격적으로 만들고 포만감은 사람을 더 너그럽게 만들어주는 법. 이제 배가 불러오면 기분도 좀 좋아지겠지 했는데, 웬걸, 오늘따라 아이는 자기가 좋아하는 반찬이 없다며 반찬투정을 해댔다. 보통 때 같았으면 적당히 달래서 먹였을 테지만 나도 오늘은 말이 곱게 나가지 않았다. 하루 종일 회사에서 받은 스트레스가 목까지 차 있었던 모양이다.

그러던 중 갑자기 들려온 날카로운 파열음. 쨍그랑! 방바닥에 산산조각 난 사기그릇이며 사방에 튄 찌개 국물과 건더기로 식탁 주변은 순식간에 아수라장이 되었다. 짜증 섞인 내 말투가 아이를 경직되게 만들었던 걸까? 행여 다치면 큰일이니 아이에게는 꼼짝 말라고 당부하고, 감식반 형사의 폼으로 그릇 조각들을 수습해 나갔다. 그 다음은 사방에 흩어진 찌개를 치워야 할 차례. 땀을 뻘뻘 흘리며 한참을 줍고 닦고 훔치고 했더니 간신히 마무리가 되었다. 엄마가 '개고생'하는 모습을 본 아이는 잔뜩 얼었다. 이럴 때 애를 혼내면 더 주눅이 드니 무조건 괜찮다고 말해줘야 한다.

- 가람아, 괜찮아? 어디 다친 데는 없지?
- 네….
- 그래, 그럼 됐어.

간신히 땀을 닦으며 돌아섰다. 그 순간 들려오는 둔탁한 파열음. 투다닥! 식탁 위의 주스 잔이 엎질러지면서 사방으로 주스가 튀어 흐르고 있었다. 한숨이 절로 나왔다. 하마터면 바닥에 그대로 주저앉을 뻔했으니, 그나마 유리잔이 아니라 플라스틱 잔인 게 다행이라면 다행인가. 아니다, 주스는 당분이 많기 때문에 어쩌면 찌개보다 더 심각한 사태일지 몰랐다. 주스가 튄 반경 몇 미터의 공간, 그 안에 있는 모든 사물에 묻은 주스를 꼼꼼히 닦아내려면 또 얼마나 진을 빼야 할까. 아이는 기어들어가는 목소리로 말했다.

- 엄마, 죄송해요.
- 아냐, 괜찮아. 그런데 가람아, 다음부턴 좀 더 조심하자.

또다시 쭈그리고 앉아 팔이 빠지도록 걸레질을 하자니, 작정한 듯 실수를 연발한 아이가 원망스럽기도 했다. 하지만 그러면 안 된다. 짜증 내고 신경질을 부려 아이로 하여금 눈치를 보게 한 나야말로 이 사태의 원인제공자니까.

식사는 그렇게 중단되어 버렸다. 욕실에 아이를 데리고 들어가 몸을 씻기고, 옷을 갈아입혔다. 그리고 식탁을 정리해서 설거짓거리를 모아놓고는, 아이가 급식시간에 묻혀온 음식물 얼룩에 주방세제를 묻혀 지우기 시작했다.

아이는 쥐죽은 듯 조용하다. 방문을 열어보니 숙제를 하고 있다. 스스로 알아서 자숙 모드로 들어간 듯.

오늘 나온 빨랫감이 어마어마해서 평일이지만 빨래를 안 하고 넘어갈 수가 없다. 세탁기를 돌리면서 부엌 정리를 끝내고 욕실에 들어갔다. 화장을 지우며 거울을 보니 피로에 찌든 얼굴의 중년여자가 하나 서 있다.

알림장과 가정통신문을 확인한 후 잠자리에 드니 어느새 12시. 내일 아침 식사 준비는 또 어떻게 하나 싶지만, 일단 눕고 본다. 파김치처럼 늘어진 몸으로는 더 이상 뭘 해볼 수도 없으니.

이렇게 또 하루가 지나간다. 매일매일 심신이 녹초가 되는 경험을 하고 있다. 일과 살림, 육아를 혼자 전담하는 싱글맘은 날마다 철인3종 경기에 출전하는 거나 마찬가지다. 가사 분담이 이루어질 수 있는 형편도 아니고, 피곤하다고 해서 쉴 수 있는 여건도 못 된다.

내일 아침 일어났을 때, 우렁각시가 밥상이라도 차려놓는다면 얼마나 좋을까? 나도 정말 아내가 있었으면 좋겠다.

자유부인 *DNA* 또는 아줌마 *DNA*
아이가 아빠를 만나러 간 날

- 아빠다!

아이는 아빠가 탄 차가 모습을 드러내자 광속에 버금가는 속도로 튀어나
갔다. 아이가 2박3일 동안 갈아입을 옷과 소지품이 담긴 가방을 들고 슬리퍼
를 찍찍 끌며 따라 나갔다. 내내 아빠를 기다리던 아이는 싱글벙글, 그렇게
좋아할 수가 없다. 잘 다녀오라고 인사를 건네는데, 차창을 사이에 두고 아
이와 마주 보며 손을 흔드는데, 문득 아이로부터 버림받은 듯한 느낌이 들었
다. 아이가 이대로 나를 영영 떠나가는 것만 같은. 지금까지 전남편도, 가람
이를 데려다주고 혼자 돌아갈 때 이런 기분이었을까?

아이가 없는 빈집은 절간처럼 조용하다. 아니, 이삿짐을 전부 뺀 집처럼 횅
댕그렁하기까지 하다. 공간만 그런 게 아니라 긴장이 풀리는지 내 몸도 낙지

처럼 흐물흐물해진 느낌이다. 솔직히 말하면, 한편으로는 입시 끝난 고3마냥 홀가분하기도 하다. 끊임없이 신경 써야 하고 지속적으로 주의를 기울여야 하는 까다로운 VIP(=가람이)가 출타 중이기 때문일 게다.

그래, 오늘 난 자유부인이다! 자, 이제 무엇을 할까? 이런 날엔 (지킬 박사에서) 하이드로 돌변해보는 것도 괜찮을 텐데. 뻔한 일상에서 벗어나 잠시 숨통을 틔울 수 있는 프로그램이 뭐 없을까? 친구들과 여행을 갔다 올까? 콘서트를 보러 갈까? 커피숍에 죽치고 앉아 책을 읽을까? 쇼핑을 하러 갈까? 심야극장에서 개봉 영화를 섭렵해볼까? 하릴없이 시내 여기저기를 쏘다녀볼까? 밀린 드라마를 몰아서 볼까? 벗들을 불러 모아 밤 새워 먹고 마시며 떠들어볼까? 기차역으로 달려가서 정처 없이 떠나볼까?

궁리만 무성하다 결국 집어든 것은 붉은색 고무장갑이다. 이런 골든타임에 집안일부터 하는 걸 보면 자유부인 DNA보다 아줌마 DNA가 우세한 모양이다. 청소와 빨래, 그것도 이불 빨래와 냉장고 청소까지, 신들린 듯 쓸고, 닦고, 빨고, 널고….

그런데 말이다, 다른 사람한테는 몰라도 나 스스로에게는 좀 더 솔직해지자. 1분 1초가 아까운 이 금쪽같은 시간에 내가 정말 집안일을 하고 싶어서 하고 있는 건지, 혹시라도 '착한 엄마 콤플렉스'의 발현 같은 것은 아닌지 말이다. 아이가 없는 시간을 백퍼센트 나만을 위해 쓰는 것은 어쩐지 좀 이기적인 행동인 것 같은 느낌? 그랬다가는 아이의 부재를 호시탐탐 노리는, 아이의 부재를 즐기는 나쁜 엄마가 되는 것 같은 느낌? 이런 것들 때문은 아닌지 말이다.

잠시나마 엄마 역할에서 해방된다 해도 그 해방감을 백퍼센트 온전히 누리기 힘들다는 것을, 만약 그랬다가는 다소의 죄책감이 따라붙는다는 것을 나는 안다.

아이는 나를 떠나지 않을 것이고, 이틀 후 분명히 돌아올 것이다. 선물을 한아름 가슴에 안고서, 아빠와 아쉬운 작별을 하며 나를 향해 돌아설 것이다. 나는 또 아이가 아빠와 무슨 이야기를 나눴는지 궁금해서 아이 표정을 살피며 이것저것 물어볼 것이다. 그리고 아이가 묻지도 않는데, "가람아 네가 없는 동안 엄마는 쉬지도 못하고 집안일만 했어. 그래서 엄마 너무 힘들어"라며 한껏 유세를 떨 것이다. 살짝 가증스럽게 말이다.

꼬리 치는 여우?
이혼녀를 보는 색안경

- 너, 남자들한테 웃어주고 살랑거리면서 실적 올리는 것 아냐? 여우처럼 남자들한테 꼬리나 흔들고 다니는 것 아니냐고!

- 처음 들어올 때부터 알아봤어!

- 어디서 설치고 난리야! 이혼녀 주제에!

'이혼녀 주제에!'라는 말이 뒤통수를 후려쳤다. 온몸이 부들부들 떨려왔다. 옆에서 말리지 않았으면 달려들어 그것들의 머리끄덩이를 잡았을지도 모른다. 하지만 양팔을 잡힌 채 내가 할 수 있는 거라곤 힘없는 외침이 고작이다.

- 뭐라고요? 내가 당신들 눈에는 여우로 보이나요? 내가 이혼했다고 꼬리나 흔들고 다닐 여자로 보이냐고요!

나의 이런 공허한 외침이 질투심으로 눈귀가 먼 그것들에게 제대로 가 닿기는 했을까? 그 와중에도 혼자 예의를 차리겠다고 경어를 쓴 것이 억울해 미치겠다. 이쪽 저쪽 모두 동료들에게 끌려 나감으로써 싸움은 육탄전으로 번지지 않고 일단락되었다. 차 한 잔 하며 마음을 가라앉히라는 권유에 커피 잔을 입에 가져가는데, 눈물방울이 흘러내렸다. 분노의 눈물이, 또르륵.

이번 달엔 우리 팀에서 내가 실적이 가장 좋았다. 생전 일해 본 적 없는 영업 분야에서 맨땅에 헤딩하듯 밑바닥부터 차곡차곡 일궈온 결과다. 이른바 경단녀(경력단절여성)로서 애 키우고 살림만 하던 나는 이혼을 하면서 갑자기 내몰리듯 사회에 다시 발을 들여놓게 되었다. 하지만 시원찮은 스펙의 경단녀를 환영하는 직종은 영업직뿐이다. 들어가는 과정도 쉽지는 않았는데, 특히 '남편은 어떤 일을 하냐'는 질문이 면접 볼 때마다 빠지지 않았다.

- 남편은 없습니다. 이혼했거든요.
- 아, 그러세요? 그럼, 자녀는?
- 네, 제가 키우고 있어요. 아들 하나. 지금 초등학생이고요.

거짓말로 '부자유'를 자초하느니, 약점을 내보이더라도 자유롭고 당당하고 싶었다. 이곳의 남자 사장은 다행히 개의치 않아 했다. 아니, 오히려 잘됐다며 좋아했다. 그가 좋아한 이유는 다름 아닌 생산성. 내가 '가성비'가 높은 직원이 될 것 같았나 보다.

- 아 그러세요? 그런 것은 상관없습니다. 오히려 그런 사정이 있으시면 더

열심히 일하시겠네요.

첫 출근날, 아침부터 이 눈치 저 눈치 살피며 정신없이 보냈더니 어느새 퇴근시간. 예상대로, 주로 여성들로 꾸려진 조직이었다. 그렇게 며칠이 흘렀다. 업무에 적응하는 것도 힘겨웠지만 직장생활의 '감'을 되찾는 것도 쉽지 않았다.

입사 첫 주의 금요일, 나의 환영회를 겸한 회식이 있었다. 맥주잔을 몇 번 부딪쳤던가. 이런저런 얘기가 오가던 끝에 맞은편의 직원이 질문을 던졌다.

- 결혼하셨죠? 남편은 뭐하세요?
- 아, 네. 이혼하고 혼자 살아요. 애는 제가 키우고요.

침묵이 흐르는 가운데 누군가는 얼굴색이 살짝 변했던 것도 같다. 이어서 누군가 내 말을 받았다.

- 아, 그러시구나.

이혼자들에 대한 편견이 있다는 것은 알고 있었지만, 거짓말을 하는 것은 내키지 않았다. 편견이 있다 해도 당당하게 부딪칠 생각이었다. 유부녀인 척하면서 스트레스 받는 것보다는 나을 테니까.

그런데 다음 날 출근해보니 사무실 공기가 어딘지 모르게 달라져 있었다. 그것은 말로 설명하기 어려운, 아주 미묘한 변화였다. 날이 갈수록 '은따' 비슷한 것을 당하고 있다는 느낌도 들기 시작했다. 철없는 애들도 아니고, 설마, 다 큰 어른들이 그런 짓을 할까? 나의 피해의식일 거라는 생각을 골백번도 더 했다.

그러다 나의 이혼 경력을 우리 팀원들뿐만 아니라 회사 전 직원이 알고 있다는 것을 우연히 알게 되었다. 그랬었구나. 그런데 그게 그렇게 널리 공유해야 할 사안인가?

오랜만의 사회 복귀라 일에도 서툴렀다. 열심히 해보라며 격려해주는 이들도 있었지만, 이혼자를 보는 차가운 시선 속에서 조금씩 움츠러들었다. 문제는 더 이상 물러설 데가 없다는 거였다. 나와 아이의 생존이 달린 마당에 찬밥 더운밥 가리게 생겼는가. 여기서 못 버티면 다른 데 가서도 못 버틴다고 되뇌었다. 이를 악물었다. 남보다 먼저 출근하고 남보다 늦게 퇴근했다.

다행히 실적이 조금씩 오르기 시작했고, 가끔은 칭찬도 들었고 상도 탔다. 그때마다 뒤에서 누군가 쑥덕거리는 듯한 느낌이 들었지만, 누군가 나를 못마땅해 한다고 생각하니 더더욱 오기가 솟았다.

그러다 이 달의 실적이 발표되자 그들은 더 이상 내가 '설치는' 꼴을 볼 수 없었는가 보다. 어쩐지 탕비실에서 마주친 그들의 눈빛이 살벌하다 했는데, 꼬리 치는 여우라니…. 사실 어느 정도의 시샘은 각오하고 있었지만, 이런 치졸한 공격을 가할 거라고는 예상치 못했다. 꼬리나 흔들어보고 여우 소리를 들었으면 억울하지나 않을 것. 오히려 여우처럼 굴지 못하는 나 자신이 원망스럽던 차였다. 게다가 '이혼녀 주제에!'라는 말에서 난 또 한 번 절망해야 했다. 이혼녀는 여자들의 계급 구조(정말 그런 게 있는지는 모르겠지만!)에서 꽤나 비천한 계급인 모양이다. 이혼남도 남자들의 세계에서 그런 대접을 받고 있을까?

누가 생활비를 대주면 모를까, 혼자 힘으로 먹고살려면 사회생활은 필수다. 직장인이든 자영업자든 프리랜서든 마찬가지인데, 이혼녀는 조금이라도 정신줄을 놓는 순간 구설에 오르거나 가십거리로 전락하기 십상인 거다.

- 그런 말 들어서 속상하지? 마음에 담아두지 마. 저것들, 샘나서 그러는 거니까.
- 그래, 신영 씨가 남들 놀 때 안 놀고 열심히 일한 것, 아는 사람은 다 알아. 그러니 너무 억울해 하지 마.
- 혹시 그만둘 생각하는 것 아니지? 그럼 안 돼! 애 생각해서라도 더 열심히 해야지. 애 혼자 키우려면 돈 많이 벌어야 되잖아!

그나마 내 편이 되어주는 몇 명이 있어 버틸 힘을 얻는다. 역시나 밥벌이는 피곤한 일이다. 각박하기만 한 이 '헬조선', 특히 소수자·약자에겐 더욱 냉정한 이 사회에서 어떤 요술을 부려야 살아남을 수 있을까….

모순투성이 못난이 심보
오빠의 세 가지 당부

- 가람이 많이 컸더라. 혼자 키우느라 고생 많았지?

- 아냐, 고생은 무슨….

- 근데 너, 오늘 나랑 얘기 좀 하자.

- 무슨 얘기?

몇 년 만에 귀국한 오빠는 작정한 듯 이야기를 이어갔다.

- 자식을 키운다는 건 정말 무거운 책임이야. 그렇지? 정상적인 가정환경에서도 그 책임을 다하기 벅찬데, 네 환경에서 앞으로도 혼자 그 책임을 다할 수 있을지 모르겠다. 아무리 최선의 선택이라 해도 동전처럼 양면을 갖고 있다는 것을 생각해라. 네가 가람이를 계속 데리고 있는 것은, 네가 혹시 재결합을 염두에 두고 있다면 모를까, 어느 누구에게도 최선이 아닌 것 같다. 가

람 아빠와의 관계를 단절하는 데 장애만 될 뿐이지. 그러니 지금이라도 모두의 장래를 생각해서 재고해보도록 해.

- 혼자 아이를 키우는 게 힘드니, 지금이라도 가람이를 아빠에게 보내라는 거야?

- 그래, 맞아.

어느 정도 예상했던 이야기다. 그런데 그렇게 하는 것이 정말 '모두'를 위한 최선의 방안일까?

- 동전의 양면을 모두 봐야 한다는 오빠 말에는 전적으로 공감해. 솔직히 말하면 나도, 가람이를 꼭 내가 데리고 있어야 한다고, 꼭 내가 계속 키워야 한다고, 꼭 그게 더 좋은 방법이라고 주장하지는 않아. 아이의 양육 문제를 어떻게 해결하는 게 '더' 좋을지를 누가, 언제, 어떤 근거로 판단할 수 있겠어? 어느 누구도 함부로 얘기할 수 없는 문제지. 난 다만, 내가 좀 힘들더라도 가람이에게 엄마로서의 책임을 다하고 싶은 거야. 자식을 끼고 있고 싶은 어미로서의 본능도 물론 작용하겠지만 말이야.

- 그럼 앞으로는 어쩔 생각인데?

- 글쎄? 앞날은 알 수 없지. 아이 아빠가 어느 날 갑자기, 이제부터 자기가 키우겠다고 우길 수도 있고, 내 여건에 어떤 부정적인 변화가 올 수도 있고, 가람이가 이제부터 아빠와 살겠다고 고집을 부릴 수도 있고, 썩 괜찮은 새엄마가 등장할 수도 있는 거지. 살면서 어떤 변수가 생길지는 알 수 없잖아? 만약 어떤 식으로든 변화가 온다면 아이 아빠와 협의해서 융통성 있게 대처해야겠지. 아이는 애정의 대상이지 집착의 대상은 아니니까. 사실, 하루가 다르

게 커가는 아이를 볼 때면 정말 내가 이 상황을 감당해낼 수 있을까, 선택을 잘한 것일까, 의구심이 들기도 해. 하지만 내가 도저히 키울 수 없는 상황이 되면 모를까, 먼저 가람이를 그쪽으로 보낼 생각은 없어.

  - 그래, 알았다. 가람이 문제는 그렇다 치고, 앞으로 계속 혼자 살 생각이냐? 재혼 생각은 없는 거야? 아버지도 네 의사를 물어보라고 그러시더라. 재혼할 거면 더 나이 먹기 전에 하는 게 나을 텐데.
  - 나이 먹을수록 시장에서 교환가치가 떨어지니까, 재혼할 거면 얼른 서두르라는 거지?
  - 꼭 그런 것 때문만은 아니야. 우리 사회에서 여자 혼자 힘으로 생활하기 쉽지 않다는 것은 너도 겪어봐서 알 거야. 그리고 앞으로 한 해 한 해 나이를 먹을수록 더 실감하게 될 거다. 앞으로 살아야 할 세월이 수십 년이야. 그러니 더 늦기 전에 새 짝을 찾도록 해.
  - 재혼하면 잘 살 수 있을까? 난 자신 없어.
  - 물론 재혼한다고 해서 장밋빛 미래가 보장되는 건 아니야. 하지만 실패의 경험을 통해서 네가 원하던 결혼생활의 목표와 목적이 무엇인지 이제는 확실히 알게 되었을 것 아니냐. 그러니 앞으로 또 어떤 선택을 하게 된다면, 그것을 기준으로 삼으면 되겠지. 그리고 자식은 때가 되면 부모 품을 떠나게 되어 있어. 우리가 그랬듯이 말이야. 재혼을 하면 최소한 노년에 외로움은 달랠 수 있을 거다.
  - 그래, 정말 괜찮은 사람이 있다면 생각해볼게. 꼭 하겠다고, 아니면 절대 안 하겠다고 미리부터 못 박을 필요는 없을 것 같아. 짝을 적극적으로 찾아나서지는 않겠지만 지금부터 체념할 필요도 없겠지. 단, 한 쪽이 다른 쪽에

게 의탁하는 식의 관계가 되면 곤란할 것이고… 진실로 여생을 같이 할 만한 사람이 나타난다면 고려해볼게.

- 그리고 말이 나온 김에 한 가지만 더 이야기하자. 네가 당장 재혼 계획이 없고 가람이 엄마로서만 최선을 다하고 싶다면, 오로지 먹고사는 것에만 집중해라. 불필요한 지출도 최대한 줄이고 말이야. 그 과정에서 혹시 불편을 겪게 되더라도 절대 불평하지 말고, 네 자신과 네 주변을 좀 더 냉철하게 돌아보는 기회로 삼도록 해. 그렇게 해서 경제적 여유가 생기는 대로 너희 모자의 의식주를 계속 개선해나가고, 너희 모자의 미래를 위해 계속 저축해라. 그 저축은 유사시에 네가 다른 사람들 앞에서 비굴해지지 않도록 지켜주는 방패막이 될 테니까.

- 응, 독하게 맘먹고 악착같이 살라는 얘기지? 알아. 그건 내가 나 스스로에게 주문하는 점이기도 해. 살림에서 낭비가 되는 요소를 없애고 있고, 수입을 늘리기 위해 또는 더 나은 수입원을 찾기 위해 계속 노력하고 있으니까 너무 걱정하지 마. 오빠나 나나 공통점이 그거잖아. 남에게 폐 끼치는 것을 죽기보다 싫어한다는 점… 가족에게 짐스러운 존재가 되지 않기 위해서라도 열심히 살 테니 걱정 안 해도 돼.

- 그래, 알았다. 애쓴다.

아이를 아빠에게 보내라는, 늦기 전에 재혼하라는 오빠의 말이 나를 걱정해줘서 하는 말인 줄 뻔히 알면서도, 가람이는 어쩌라는 건가 싶어 못내 서운했다. 가람이를 위해 아이 아빠와 재결합하라던 부모님께 서운한 마음이

들었던 것처럼 말이다.

　나를 걱정해줘도, 아이를 걱정해줘도 서운해 하기만 하는 이런 모순투성이 못난이 심보라니….

불안은 영혼을 잠식한다
아프면 안 되는 사람

　며칠째 몸살기운이 돌더니 드디어 몸에 고장이 나고 말았다. 고열로 불덩이가 된 몸은 어떤 음식도 받아들이지 못했다. 간신히 아이를 학교에 보내고 쓰러지듯 몸을 뉘자, 사시나무 떨듯 온몸이 덜덜 떨려왔다. 고열과 오한에 극심한 인후통까지. 기어가다시피 해서 약상자를 찾아 일단 감기약을 입에 털어 넣었다. 수전증 환자처럼 양손이 부들부들 떨렸다.

　'병원에 가봐야 되는 건가? 감기몸살이 아니면 어떡하지? 만약 큰 병에라도 걸린 거면 가람이는 어떡하지?'

　'아파도 되는 사람'이 따로 있는 건 아니지만 아무튼 나는 '아프면 안 되는 사람'에 속한다. 내가 일해야만 우리 두 식구가 살 수 있으니까. 생각해보면 쉴 자유도, 아플 자유도 없는 팽팽한 긴장상태로 그렇게 몇 년을 버텨온 것 같다. 그리고 보니 지금까지 건강이 좋았던 적이 별로 없는데, 그동안 누적된 피로와 스트레스는 내 몸 구석구석에 피로물질을 만들어놓고 수시로 나를 못살게 굴었다.

재산이라고는 달랑 몸뚱이 하나뿐이라 그야말로 건강을 잃으면 다 잃는 것이다. 위자료를 많이 받은 것도 아니고, 재산 분할로 받은 돈이 많은 것도 아니고, 모아놓은 돈이 있는 것도 아니며, 탄탄한 공기업이나 고연봉의 대기업 직원도 아니고, 고소득 전문직 종사자도 못 되며, 부모형제의 지원도 기대할 수 없는 처지다. 이런 형편에 다달이 의식주 비용과 공과금, 교육비 등을 감당해나가는 것은 마치 공중에서 아슬아슬 외줄타기를 하는 것과 비스무리하다. 한 달 한 달 적자를 면하기 위해 이리 뛰고 저리 뛰다 보면, 정말 스릴이 넘칠 정도다. 어린 시절 부모 보호 아래 세상모르고 살던 그때, 처녀시절 멋모르고 돈 쓰던 그때가 얼마나 그리운지 모른다.

그렇다고 해서 남편이 벌어다 주는 돈으로 살던 때가 그립냐 하면, 그렇지는 않다. 혼자 생계를 책임지는 것이 힘들다고 '그때'를 그리워해서야 쓰나. 단지 경제적 이유로 재결합을 고민한다면 얼마나 자존심 상하는 일인가. 혼자 꾸려가는 삶이 힘들 거라는 것은 어차피 각오했던 일. 힘들면 힘든 대로 살아가는 수밖에 없다. 그게 내 몫의 삶이니까.

얼마 전 아이는 또 다시 나를 울리고 말았다.

- 엄마, 힘들지? 전에는 잘 몰랐는데, 사람이 먹고산다는 게 보통일이 아닌 것 같아요. 엄마가 그동안 혼자서 나 키우느라 많이 힘들었을 것 같아.

자기가 직접 경제활동을 해본 것도 아니면서 '먹고사는 것'의 어려움을 어떻게 알았단 말인가? 기억을 꼽아봤다. 혹시 내가 아이 앞에서 징징댔던가?

먹고살기 힘들다고 아이 앞에서 엄살이라도 부렸던가?

'아이야, 일찍 철들게 해서 미안하구나.… 세상을 일찍 알게 해서 미안하구나.…'

만약 이혼을 하지 않았더라면 지금보다 경제적으로 윤택했을까? 쓸데없는 가정이지만, 사는 게 너무 힘들 때는 그런 생각도 해보기는 한다. 모르긴 몰라도, 요즘 같은 세상에서라면 살림살이 쪼들리는 건 마찬가지였을 듯싶기도 하다. 그러니 이런 '헬조선'에서 겪게 되는 경제적 어려움은 이혼과 무관한 일이라고 생각해버리는 것이 현명할지도 모른다. 다만, 지금 내겐 그 짐을 나눠 질 사람이 없다는 부담감이 또 다른 짐이 되는 것이다. 생계유지와 관련된 스트레스를 평생 혼자 떠안아야 한다는 그 압박감 말이다.

언제였던가, 이런 말을 하는 사람이 있었다.

- 왜 그렇게 힘들게 살아? 그냥 돈 많은 애인 하나 만들지? 아니면 돈 많은 남자랑 재혼을 하든가. 그러면 돈 버느라 고생 안 해도 되고 편히 살 수 있을 텐데. 안 그래?

편히(?) 살 수 있는 방법을 귀띔해주는 호의는 고마운데, 그리고 언뜻 들어보면 맞는 말 같기도 한데, 그런 식으로 살면 몸은 편하겠지만 마음까지 편할지, 그건 모르겠다. 40여 년의 세상살이 경험으로 미뤄볼 때 '몸과 마음이 다 편한' 그런 경우는 세상에 없으니까. 게다가 그렇게 외적 조건을 매개로 맺어진 인연은 그 조건에 변동이 왔을 때 깨질 확률도 그만큼 높지 않겠는가. 물론 돈 많은 남자들을 향해 열띤 경쟁이 벌어지는 그 '시장'에서 내가 낙오자가 되지 않는다는 전제 하에서의 이야기지만.

어찌 되었든 남자에게 경제적으로 의존하는 삶은 이제 그만두고 싶다. 남자에게 생계를 의탁하는 식의 관계는 더 이상 원치 않는다. 내 밥을 내 힘으로 해결할 때 누구 앞에서든 당당할 수 있을 테니.

되돌아보면 정신적·물질적으로 진정한 자립이 이루어진 것은 이혼 이후의 일이다. 경제적으로 의지할 누군가가 없다는 현실이 나를 강하게 만들어주었다. 덕분에 어지간한 시련은 견딜 수 있게 되었고, 필요하면 남한테 아쉬운 소리도 할 줄 알게 되었다. 만약 또 다른 수입원(=남편)이 있었더라면 참지 않았을 상황에서도 자존심 따위는 안드로메다로 날려버리고 마음을 다스리며 인내할 수 있게 되었다.

'편히 사는 길'이 있는데도 이렇게 고생을 사서 하는 내가 어떤 이들 눈에는 퍽 미련 맞아 보이리라. 그래도 어떻게든 혼자 헤쳐 나가려는 내 오기를 알아주고 응원해주는 이들이 더 많으니, 고맙고 다행스런 일이다. 때로는 그들이 안쓰러운 눈길로 나를 바라볼지언정…

투잡, 쓰리잡을 마다하지 않으며 열심히 일해 왔으니 당장의 생계는 문제가 없지만 점점 나이 들어가는 것이 걱정은 걱정이다. 나와 비슷한 세대라면 다 해당되는 얘기지만, 이제는 나이를 의식하지 않을 수 없게 되었다. 전문직이 아니면 일자리를 쉽게 구할 수도 없으려니와, 구한다 해도 보수가 너무 낮아 다달이 생활을 꾸려가기가 벅차다.

마트에서 계산원으로 일하는 돌싱 친구의 월수입은 거의 최저생계비 수준인데 그래도 아이가 없어 그럭저럭 생활이 가능한 모양이다. 콜센터 상담원으로 일하는 친구도 월 200만원이 안 되는 수입으로 고등학생 딸아이와 둘이 살아간다.

- 지금 내 수입으로는 빚만 안 져도 다행이지, 뭐. 조금 있으면 딸이 고등학교 졸업하고 어디든 취업할 테니 좀 낫지 않을까? 그런데 딸도 직장생활하면 이 아니꼽고 더러운 꼴을 보고 살아야겠지 싶어서 참 속상해. 미안하기도 하고. 난 말이야, 남편이 벌어다 주는 돈으로 편하게 사는 전업주부들이 제일 부럽더라. 아침에 남편 출근시키고, 애들 학교 보내고 운동하러 가는 여자들 있잖아. 그런 여자들 보면, 참 팔자도 좋다 싶어.

친구 말마따나 나 역시 팔자가 그리 좋지 못한지라 오늘처럼 아프기라도 하면 가슴이 철렁 내려앉는 거다. 그뿐만이 아니다. 앞날을 생각하면, 무럭무럭 커가는 아이를 보고 있노라면, 머릿속이 아주 하얘진다. 양육비는 아이가 스무 살 때까지만 받을 수 있다는데, 그 후에 과연 내 힘으로 아이 대학 공부 시키고 결혼까지 시킬 수 있을까? 혹시 가능하다 해도, 노후 대책이라고는 전혀 없는 '대책 없는' 상태로 노년을 맞게 될 텐데, 자기 노후 준비도 못 해놓은 무능력한 노인을 누가 반길까?

'불안은 영혼을 잠식한다'라는 영화 제목처럼, 미래에 대한 불안은 내 영혼을 야금야금 갉아먹는 중이다. 비슷한 처지의 친구들을 만나 이야기를 나눠 보면 거의 예외 없이 노후 걱정으로 속앓이를 하고 있다.

- 그래서 내가 꼬박꼬박 로또를 사잖아. 토요일에 발표 날 때까지, 그 희망으로 하루하루를 버틴다니까.

- 맞아. 난 로또는 안 사지만 그 심정은 이해해. 앞날을 생각하면 너무나 암담해서.

- 그렇긴 한데, 걱정한다고 뭐가 해결돼? 미리부터 그럴 필요 없어. 오지도 않은 날을 미리부터 걱정하진 말자고.

맞다. 때로는 근시안도 필요한 법이다. 지금 이 순간 충실하게 사는 것이 곧 충실한 미래를 만들어가는 것이려니. 하루하루 열심히 살다 보면 풍족하진 않아도 그런대로 괜찮은 노년을 보낼 수 있으리라 믿어보자.

약기운 때문인지 잠기운 때문인지, 꿈인 듯 꿈이 아닌 듯, 내내 몽롱하다.

....

어른이 된 가람이의 얼굴이 보인다. 녀석, 잘 컸네. 며느리인 듯한 얌전한 여자와 통통하고 귀여운 아기까지 데리고 나를 찾아온 모양이다. 내가 있는 곳은 양로원도 아니고 요양원도 아닌, 주택가에 있는 3층짜리 단독주택. 적당히 늙은 모습의 내가 아들네 식구를 반갑게 맞이한다. 거실에 있던 내 또래의 노인들 대여섯도 마치 자기 자식이 놀러 온 것처럼 가람이네를 반겨준다. 서서히 윤곽이 드러난다. 내가 사는 곳은 바로 실버들의 셰어하우스. 각자에게 독립된 공간이 주어지고 거실과 주방은 공유하는 공동 주거 공간. 노년의 외로움도 덜면서 주거비와 생활비도 아낄 수 있고, 고독사도 예방할 수 있는 일석삼조 시스템이다. 아마도 성향이나 관심사가 비슷한 이들이 패밀리를 구성하는 식일 텐데, 그러고 보니 나의 하우스메이트인 노인들도 하나같이 나처럼, 약간 날라리 같아 보이거나 좀 삐딱해 보이는군. 풉.

속아주는 연기에 속고 있었던
주말부부 행세의 결말

업무상 협력관계에 있는 이 과장, 박 대리와 미팅을 끝내고 냉면집에서 점심을 먹었다. 식성대로 비냉, 물냉, 회냉을 주문하고 만두를 나눠 먹는데, 적당한 이야깃거리가 떠오르지 않았다. 머릿속에서 부지런히 탐색기를 돌린 결과, 여름철에 가장 만만한 주제가 떠올랐다. 휴가. 그런데 이 과장에게 선수를 뺏기고 말았다.

- 휴가는 어디로 가세요?
- 멀리는 못 가고요, 어디 계곡 같은 데 가서 발이나 담갔다 오려고요.
- 주말부부시라면서요?
- 네.
- 3대가 공덕을 쌓아야 주말부부가 된다던데. 하하.
- 그렇대요? 호호.

- 저도 와이프, 주말에만 보면 좋을 것 같더라고요.

- 모르시는 말씀! 저는 신랑을 주말에만 보는데도 지겹던데요? 호호.

- 그런가요? 하하.

이런 자리가 으레 그렇듯 프라이버시가 살짝 노출되는, 그렇고 그런 이야기가 오갔다. 식사를 끝내고 들어간 커피숍. 박 대리가 화장실에 간 사이 이 과장은 자기 앞에 놓인 아이스커피의 얼음을 와자작 깨물더니, 작정한 듯 독화살을 날렸다.

- 그런데… 얼마나 되셨어요?

- 뭐가요?

- 헤어진 지 얼마나 되셨느냐고요.

- 헤어지다니, 누구랑요?

- 다 아는데, 뭘 그러세요. 남편이랑 헤어지신 것 아네요?

아뿔싸! 주말부부인 척 거짓말을 해왔는데, 그래서 상대방이 감쪽같이 속고 있는 줄 알았는데, 상대방은 속아주는 연기를 하고 있었고, 그 연기에 내가 속고 있었다.

이제 어떡하나. 처음엔 뭔 소리냐고, 생사람 잡지 말라고 잡아떼 볼 생각도 들었다. 그런데 이젠 내 연기력에 자신이 없었다. 배역과 겉도는 미숙한 연기에 혹평이 쏟아지고 있는데 혼자 계속 배역에 빠져있는 건 좀 우습지 않은가. 더 초라해지기 전에 레드카펫에서 내려와야 한다. 배우가 연기할 의욕을 상실했다면 분장을 벗어던지고 민낯을 공개하는 것이 도리이다.

긍정도 부정도 하지 않는 태도는 종종 긍정(시인)의 신호로 해석되기 마련이다. 나의 긴 침묵에 상대가 당황하기 시작했다.

- 기분 상하셨어요? 혹시 저 때문에 불쾌하셨다면, 미안해요.
- 아뇨, 괜찮아요. 그런데 어떻게 아셨어요?
- 그걸 꼭 말을 해야 하나요? 딱 보면 알죠.

일 처리하는 것을 봐서는 잘 몰랐는데 이 과장, 의외로 똑똑한 구석이 있었다. 딱 봐서 알 정도의 촉이라면 여자들의 육감 저리 가라 할 슈퍼울트라급 센서다.
'그래 이 과장 너, 정말 귀신이다. 그동안 물어보고 싶어서 어떻게 참았니?'

이렇게 밖에서 한 방 맞고 들어오는 날엔 거울을 들여다보는 시간이 길어진다. 딱 보고 알았다는 이 과장, 대체 뭐가 단서가 되었을까? 어디서 그렇게 티가 났을까? 혹시 다른 사람들도 그렇게 느끼고 있었던 것은 아닐까? 내 어설픈 쇼를 구경하며 다들 속으로 비웃고 있었던 것은 아닐까? 그래도 끝까지 아니라고 우길 걸 그랬나? 혹시나 해서 떠본 질문에 너무 순순히 자백을 해버렸나? 바보처럼….

이렇게 홀가분해 해도 되는 건지···
탈(脫) 며느리 신분으로 명절 나기

- 어, 나, 지금 마트에 와 있어. 응, 그래, 그래. 내가 나중에 전화할게. 미안!

아차, 친구가 명절 앞둔 며느리인 것을 깜빡했다. 장 보느라 정신없는 친구에게 한가하게 안부 전화를 걸었으니···.

이혼 후 여러 가지 변화가 있었지만 명절이나 생일, 기념일 같은 날들이 부담스럽게 느껴지게 된 것도 그중 하나다. 다들 가족 단위로 이동하고 가족끼리 시간을 보내는 날, 아이와 둘이 있노라면 꼭 바퀴 하나가 빠진 세발자전거를 타는 기분이다. 특히 명절에는 그런 부담감이 더해서, 한동안은 이런저런 핑계를 대고 집에서 두문불출했다. 가족들은 이해해주었고, 친척들은 불참의 사유가 타당하게 여겨졌는지 별로 문제 삼지 않았다.

그 후 언제던가, 친척들에게 어느 정도 커밍아웃이 이루어진 후 처음 맞은 명절날, 다들 따뜻하게 대해주시는데 혼자 외톨이라도 된 듯 마음이 편치 못

했던 기억이 난다. 그 불편함의 실체가 소외감, 고립감, 이질감 같은 감정이었다는 것도…. 누가 나를 구박을 한 것도, 냉대를 한 것도 아니었는데 말이다. 마음속 상처에서 저 혼자 자라난, 자가발전적 망상이었으려니.

그래서 이제부터는 명절을 다른 방식으로 보내려 한다. 알고 보니, 다른 돌싱들은 진작부터 그렇게 하고 있었다.

- 난 친척들 만나는 게 아직 거북하더라고요. 그래서 지난 주말에 미리 부모님 뵙고 왔어요. 명절 연휴는 집에서 음악도 듣고 책도 읽고 영화도 보면서 여유 있게 보낼 거예요.

- 난 친구들과 여행 가. 몇 달 전에 미리 예약해뒀지. 난 싱글 친구들이 많거든.

- 돌싱이라고 우울하게 보낼 필요 뭐 있어? 그래봤자 자기 스스로 자기를 고문하는 거지. 그래서 난 아이랑 맛있는 것 만들어 먹고, 찜질방도 가고, 재미있게 놀 거야!

공통적으로 하는 말이 하나 있는데, 그건 더 이상 시댁 식구나 음식 장만에 신경 쓰지 않아도 되니 아주 홀가분하다는 거다. 명절을 맞는 감상이나 태도는 십인십색 조금씩 다르지만, 그 점에 대해서만큼은 예외 없이 동감을 표한다는 사실!

그리고 보니 명절을 맞는 며느리들의 필수 아이템이란 것을 보고 쓴웃음을 지은 적이 있다. 팔다리에 끼웠다 뺐다 할 수 있는 가짜 깁스, 핏기 없는 입술을 만들어주는 꾀병 립스틱, 식용색소를 넣어 만든 코피 캡슐 등등. 하나같이 '아픈 며느리' 모습을 연출해주는 분장 아이템들인데, 명절을 앞두고 판매량이 급증하는 것은 물론이고, 어떤 것은 인기가 너무 좋아 품절 사태까지 빚어진단다.

아무튼 신입사원보다 더 어려운 자리가 명절 며느리 자리라는데, 이런 때만큼은 '탈(脫) 며느리' 신분으로서 자유를 만끽하련다!

〈인터넷 유머-명절 맞는 며느리의 시조〉
저번 제사 지났더니 두 달 만에 또 제사네
별수 없이 준비하네 쉬바쉬바 욕 나오네
제일 먼저 나물 볶네 허리 아파 못 살겠네
이제부턴 가부좌네 다섯 시간 전 부치네
허리 한 번 쭈욱 펴고 한 시간만 눕고 싶네
남자들은 둘러앉아 희희낙락 티비 보네
…(중략)
명절 되면 눈 딱 감고 일주일만 죽고 싶네
10년 동안 이 짓 했네 수십 년 더 남았네

오밤중의 퍼포먼스
심야의 방문객

- 딩동! 딩동! 딩동! 딩동!

꿈에 누가 찾아온 줄 알았는데, 연이어 울리는 초인종 소리에 잠이 깨고 말았다. 시계를 보니 새벽 2시. 토요일 한밤중, 이런 야심한 시각에 누가 찾아온단 말인가? 심야의 방문객이 궁금해 공포영화를 보는 심정으로 인터폰을 들여다봤다. 남자 얼굴 하나가 화면에 가득 들어차 있었다.

- 누구세요?
- 아랫집이에요.
- 이 밤중에 무슨 일이세요?
- 무슨 일이겠어요? 문 좀 열어보세요. 이야기 좀 하게.
- 무슨 급한 일인지 모르겠지만, 내일 아침에 얘기하시죠.

- 빨리 문 열어보라고요! 내가 오죽하면 이 시간에 올라왔겠어요? 또 쿵쿵거리면 어떡해요?

- 쿵쿵거린 사람 없어요! 모두 자고 있었다고요! 돌아가세요.

- 빨리 문 열어보라고요!

공포가 밀려왔다. 잠금장치가 제대로 되어 있는지 확인하는데 나도 모르게 손이 덜덜 떨려왔다. 인터폰으로 경비실에 연락하는 동안에도 아랫집 남자는 초인종을 계속 누르며 소리를 질러댔다.

- 문 좀 열라니까요! 이야기 좀 하자고요! 우리 집에 내려와서 쿵쿵거리는 소리 좀 들어보라고요!

이 무슨 황당한 시추에이션인지 모르겠다. 혹시 술을 마신 것은 아닐까? 맨정신으로 저럴 수 있나? 말투나 행동거지에서 음주의 기미가 보였다. 정말 쿵쿵거리다 당한 일이면 모를까, 곱게 자다 이런 누명을 쓰니 더더욱 어이없는 상황이다.

문 하나를 사이에 두고 대치 중인데 경비원은 한참을 기다려도 오지 않았다. 그들의 느러터진 동작에 천불이 나려고 했다. 다시 경비실을 호출해 빨리 와달라고 재촉했다.

- 경비실이죠? 왜 빨리 안 오시는 거예요?

- 지금 순찰 돌고 그쪽으로 가고 있을 거예요. 그런데 우리에게는 어차피 권한이 없어요. 그러니까 차라리 경찰을 부르시는 게 나을 거예요.

- 그런데 층간소음 들린다고 이렇게 새벽 2시에 올라오는 집도 있어요?
- 층간소음 신고가 간혹 들어오긴 하는데, 이런 시간에는 없죠.

소란에 잠이 깬 아이가 어느새 다가와 내 옆에 바짝 붙어 섰다. 경비실의 조언대로 경찰에 신고하기 위해 전화기를 찾는데, 문 밖의 목소리가 더 높아졌다.

- 문 좀 열어보라고요! 계속 안 열면 경찰에 신고할 거예요! 에이, 신고해야겠네!

말끄트머리에 욕설 비슷한 것도 붙어 있었던 것 같다. 확대경으로 내다보니 적반하장도 유분수지, 정말 경찰에 전화를 하고 있는 것이다.

- 경찰이죠? 층간소음 때문에 신고하려고요. 얼른 출동해주세요!

내지도 않은 소음으로 경찰의 조사를 받게 생겼으니 나로서도 가만있을 수 없는 노릇이다. 나도 곧 전화기의 112 버튼을 눌렀다. 경찰은 아랫집, 윗집에서 1분 간격으로 들어온 신고를 접수하면서 무슨 생각이 들었을까? 경찰이 올 때까지 기다리는 동안의 그 초조함이라니…. 아이는 겁이 나는 듯, 옆에서 떨어지지 않았다.

- 이럴 때 아빠가 있었으면 좋았을 텐데…. 엄마 혼자 무섭지 않아요?
- 엄마가 왜 혼자야? 네가 있는데. 엄마 하나도 안 무서워. 가람이 네가 있

으니까 아주 든든해.

말은 이렇게 했지만 속으로 좀 쫄았던 것도 사실이다. 층간소음 때문에 살
인도 난다고 하지 않던가. 앞으로 사태가 어떻게 전개될지 알 수 없다는 막
막함… 두려움….

같이 여행 가자던 부동산중개소 아저씨를 피해 이곳으로 이사 온 게 몇
주 전이다. 얼마 후 아랫집 여자가 찾아와 우리 집에서 자꾸 쿵쿵거려 못 살
겠다고 했을 때, 그때 사태의 심각성을 알아차렸어야 했나 보다. 한 가지 마
음에 걸리는 건, 그때 우리 집에 성인 남자가 없다는 것을 말해준 일이다. 그
렇게 천장이 울릴 리가 없다고, 걸을 때 바닥이 울릴 정도의 체중을 가진 사
람이 없다고 설명하다 그렇게 되었다.

얼마 후 경찰 두 명이 찾아왔다.

- 안녕하십니까? 아래층에 들러서 이야기해보고 왔습니다. 이런 일이 전에
도 있었나요?
- 아뇨, 처음이에요.
- 그동안의 관계는 어땠나요? 아랫집과 평소 사이가 나빴나요?
- 특별히 그렇지는 않았어요.
- 아래층 신고자에게서 술 냄새가 좀 나더군요. 사실, 술 마신 사람과는 얘
기해봤자 답이 안 나옵니다.
- 그럼 어떡하죠?
- 인터넷에 '층간소음'이라고 검색하면 정부에서 운영하는 사이트가 나옵

니다. 일단 그곳을 통해 해결하는 방법이 있다는 것을 알려드립니다. 소음을 객관적으로 측정할 수 있거든요. 하지만 이웃지간이니까 될 수 있으면 서로 대화로 푸는 게 좋죠.

경찰들과 대책을 논의하고 있는데, 아랫집 남자가 또 올라와 훼방을 놓았다. 그 남자가 줄기차게 요구하는 것은, 자기 집에 내려와서 쿵쿵 소리를 직접 들어보라는 거다. 결국 경찰이 위아래층에 각 한 명씩 배치되어 실험을 해보기로 했다. 아래층에 간 경찰(A)이 "시작!" 신호를 보내오는 것에 맞춰 나와 아이, 경찰(B) 셋이서 거실을 전후좌우로 걸어 다녔다. 결혼식에 입장하는 신부들처럼! 아니, 공포영화에 나오는 좀비들처럼! 잠시 후 올라온 아래층 경찰의 말은 그나마 위안이 되어주었다. 크게 문제 될 정도는 아니라는 그 말.

— 크게 문제 될 정도는 아니에요. 하지만 소음은 워낙 주관적인 거라 예민한 사람들한테는 문제가 될 수도 있어요. 자기들이 괴롭다고 하면 어쩔 도리가 없습니다.
— 좋아요. 알겠습니다. 하지만 오늘은 우리 식구 다 자고 있었기 때문에 오늘밤에 들렸다는 쿵쿵 소리는 우리에게 원인이 있는 게 아니에요.

이때 또다시 올라온 아랫집 남자.

— 이 집이 아니면 어느 집이겠어요?
— 그걸 제가 어떻게 알아요!

나도 더는 참지 못하고 씩씩거리기 시작했다. 분위기가 험악해지자 경찰들은 그 남자를 끌고 나갔다. 언제든 신고하면 달려오겠다는 경찰의 말에 마음이 놓이면서도 이런저런 생각에 마음이 어지러웠다. 이러다 뜬눈으로 밤을 새울 것만 같다.

또 쓸데없이 자격지심이 발동하려고 한다. 여자가 남편 없이 아이와 둘이서만 산다는 걸 알고, 이렇게 한밤중에 난동을 부린 건가? 정말 그런 이유로 함부로 본 것일까? 부디 아니길….

어차피 잠들기는 글렀으니, 발뒤꿈치를 들고 조심조심 책상으로 가 컴퓨터를 켰다. 층간소음 방지용품이 이렇게나 많다니…. 집집마다 층간소음으로 골머리를 앓고 있었군. 거금을 주고, 층간소음 방지용 매트와 슬리퍼를 질렀다.

집에 남자 없어요?
일상의 사소한 그리고 서러운 순간들

- 아저씨, 오신 김에 이것도 좀 해주실래요?

- 이건 또 뭔데요?

- 문고리 떨어진 건데요.

- 뭐, 별거 아니네. 해드릴게요.

- 감사합니다. 아, 그리고 한 가지만 더…. 그거 하신 다음에 주방 전등도 좀 봐주실래요? 자꾸 불이 나갔다 들어왔다 해서요.

- 전등이요? 전등이야 뻔한 건데…. 집에 남자 없어요?

- 아, 있긴 있는데 좀 시원치 않아서요. 헤헤.

베란다 배수구를 손보러 온 관리실 기사는 엉겁결에 그동안 방치되어 있던 자질구레한 수리 건들을 몽땅 떠맡고 말았다. 나의 간절한 부탁을 거절 못하고 이곳저곳 뚝딱거리던 기사는 이 집이 '남자가 없는 집'이라는 확신이

181

들었던지, 대충 사정을 눈치 챘다는 듯 여기저기 간단한 수리 요령까지 일러 주고 돌아갔다.

주방 전등은 며칠 전부터 번쩍번쩍하면서 제법 유흥업소 같은 분위기를 내고 있었다. 처음엔 산만해 죽겠더니 어느새 적응이 이루어져 그냥 내버려 두고 있었는데, 딴 일로 왔다가 오지게 덤터기를 써준 기사 아저씨가 고마울 따름이다.

이 집 저 집, 이 방 저 방, 수명이 다한 형광등은 종종 속을 썩이곤 한다. 처음엔 전등 커버를 벗기는 일이 어려워 보여 손댈 엄두가 나지 않았다. 그렇다고 고작 형광등이나 갈아달라고 누구를 부를 수도 없는 일. 내가 아는 '남자'들의 얼굴을 하나씩 떠올려보지만 이런 부탁을 할 만한 사람은, 없다. 아니, 부탁을 할 만한 사람은 대개 너무 멀리 있고, 멀리 있지 않은 사람은 집에 들이고 싶지 않은 사람이고 뭐, 그런 식이다. 목마른 사람이 우물 판다고, 내가 하는 수밖에 없다. 사실, 이 정도 일은 혼자 해결하는 게 맞기도 하다. 결혼 전에는 아빠나 남자 형제들이, 결혼 후에는 남편이 도맡아 하는 바람에 기회가 주어지지 않았던 것이니.

언제였더라, 처음 형광등을 갈던 날, 의자를 놓고 올라가 작업을 시작했다. 전등 커버를 부여잡고 한참을 씨름하니 고개가 뻐근하고 팔이 아파왔다. 이쪽저쪽으로 낑낑댄 끝에 소가 뒷걸음질 치다 쥐 잡듯이, 얼떨결에 성공했다. 뭐든지 처음 시도할 때가 어렵지, 일단 해보면 별것 아님을 깨닫게 되지 않던가.

이런 일을 몇 번 경험하면서 형광등 안에 스타터라는 게 있다는 것도 알게 되었고, 값이 좀 비싸더라도 수명이 긴 LED 전구를 선택하는 것이 낫다는 것도 알게 되었다. 기회 있을 때마다 LED 전구로 바꾸면서 형광등을 바꿔 달 일이 확 줄긴 했다.

관리실 기사 덕에 숙원사업이 해결되었으니 가뿐한 마음으로 마트로 향했다. 요즘엔 대형마트보다 동네 인근의 중소마트를 애용하고 있다. 대형마트는 야속하게도 배달을 해주지 않으므로(해준다 해도 조건이 까다롭다) '1+1' 팻말에 혹해서 집어든 물건들을 짊어지고 오는 건 순전히 내 몫의 일이기 때문이다. 대형마트에서 카트를 밀고 가는 남편들 옆에서 유유자적 걸어가는 아내들을 보노라면 괜히 심술이 날 때가 있다. 그리고 그 옆에서 혼자 낑낑대며 짐을 옮기다 보면 또 괜히 서러워지곤 한다. 그러다가도, 내게 언제 이런 왕비병이 있었나 싶으면서 얼른 정신이 돌아온다. 그렇게 정신을 차리고 힘을 내어 박스를 번쩍 번쩍 들어 올리다 보면 어처구니없게 이런 생각이 들기도 한다. '나도 이제 아저씨가 다 되었군. 잘하면 택배 일도 할 수 있겠는걸?'

그래도 무거운 건 무거운 거다. 대형마트 대신 중소마트에 다니기 시작한 것도 그 때문이다. 중소마트들은 대형마트에 손님을 뺏기지 않기 위해 경쟁적으로 배달서비스를 시행하고 있으므로, 배달 최저 금액만 채워서 어지간한 것은 다 배달로 받고 있다. 문제는, 배달 아저씨들이 짐을 딱 현관까지만 갖다 놓는다는 것. 그러니 쌀자루라도 배달되는 날에는 현관부터 주방까지 질질 끌고 가는 후반 작업이 또 필요하다. 쌀자루의 양 귀퉁이를 잡고 영차영차 몸부림을 치다 보면 문득 또 서러워지곤 하는데, 그렇게 혼자 막 서러워하다가도 '아차! 난 왕비가 아니지!' 하면서 다시 정신이 번쩍 돌아온다.

서러운 날들, 서러운 순간들은 또 있다. 아니, 어쩌면 막막한 순간일 수도 있겠는데, 대개 남한테 말하기도 뭣한, 사소한 사건사고들로 골치가 아플 때다. 예를 들어 변기가 막혔을 때의 그 심란함은 겪어보지 않은 사람은 모르리라. 언제던가, 아이가 휴지 심을 빠뜨리는 바람에 일이 났을 때도 혼자 고무장갑 끼고 이리 뛰고 저리 뛰며 얼마나 서러웠는지 모른다. 어디 그뿐인가. 예고 없이 정전이 되었을 때, 천둥번개가 요란할 때, 보일러가 갑자기 말을 안 들을 때, 집에 커다란 벌이 들어왔을 때, 진상 이웃과 마찰이 생겼을 때, 목이 빠져라 커튼을 떼고 달 때 등등. 그런 순간에는 맥가이버 같은 재주꾼이 아니어도 좋으니, 누군가 옆에 있어줬으면 좋겠다 싶어진다.

하지만 그런 순간들도 결국은 다 지나간다. 적응이 이루어지기도 하고, 또 어떻게든 해결이 되기도 한다. 자동차만 해도 그렇다. 보통 카센터에 여자 혼자 가면 '호갱' 취급을 받기 마련이라, 처음에는 남자 지인들에게 같이 가 달라고 하거나 대신 가 달라고 부탁했는데, 자칫 비용을 내 달라는 걸로 오해할 수 있겠다 싶어 방법을 바꾸었다. 끈질긴 웹 서핑 끝에 양심적인 카센터를 개발한 것이다. 그리고 또 요즘엔 정비요금이 적당한 수준인지 바로 인터넷 검색으로 확인할 수 있기 때문에 바가지를 쓸 가능성이 상당히 줄어들기도 했다. 아무튼, 이제는 어지간한 문제는 혼자서도 잘 처리한다는 사실!

5.
인간관계, 비포 앤 애프터

이혼녀는 차에 태우기 싫대요
귀인(歸因)의 법칙

- 일단 나오라니까.

- 그냥 집에서 쉴래. 셋이서 만나.

- 소개팅 그런 것 아니니까 부담 갖지 말고 나와. 그냥 밥이나 같이 먹자니까! 너도 어차피 밥은 먹어야 되잖아. 가람이도 어디 가고 없다며.

- ….

- 올 때까지 기다린다, 알았지?

소개팅은 아니라고 했지만 친구 커플이 데리고 온 남자와 짝이 될 수밖에 없는 구도였다. 친구의 남자친구는 전부터 나한테 '괜찮은 남자를 소개해주고 싶어 했다. 오늘 같이 왔다는 남자가 바로 그 '괜찮은 남자에 해당되는 사람이었던 모양이다. 일부러 집 근처까지 온 성의를 봐서라도 마냥 버틸 수만은 없는 상황. 그렇게 해서 졸지에 팔자에도 없는 쌍쌍데이트를 하게 되었다.

사실, 상대방에 대한 사전 정보 없이 사람을 만나는 것도 나쁘지는 않다. 일종의 블라인드 테스트가 이루어지면서 쓸데없는 후광효과를 차단할 수 있으니까. 그래도 생전 처음 만난 사람과 무언가를 같이 먹는다는 것은 좀 거시기한 일이긴 하다. 그렇다고 스무 살 수줍은 아가씨도 아니면서 음식을 깨작거리는 것은 (음식에 대한) 예의가 아니므로, 나이 마흔 줄의 아줌마답게 씩씩하게 밥이나 먹고 와야겠다는 생각으로 약속장소에 나갔다.

- 잘 오셨어요. 안 나오시면 어쩌나 했는데….

친구의 남자친구가 반색을 하며 맞아주었다. 그 옆에 앉아 있는 초면의 남자. 사람을 만났을 때 첫인상이 결정되는 시간이 3초라던가. 얼굴과 자세, 옷차림에서 풍기는 분위기를 종합해볼 때, 인상이 과히 나쁘지는 않았다. 내가 내 스캐너의 파워 스위치를 누르는 것과 거의 동시에 상대방의 스캐너도 작동을 시작하는 것이 느껴졌다. 내 얼굴부터 발끝까지 위아래로 따갑게 훑고 지나가는, 남자의 시선.

- 아, 인사하시죠! 제 친구예요. 진작부터 한번 자리를 만들려고 했는데…. 신영 씨와 같은 아픔을 갖고 있는 친구라, 이야기가 잘 통할 것 같고 해서 데리고 왔어요.

같은 돌싱 처지라니 이야기가 잘 통할 부분이 분명 있긴 있을 거다. 돌싱이 되어보지 않으면 절대 알 수 없는 복잡다단한 감정들. 그 쓰라린 아픔들. 그러니 이제 동병상련의 교감이 이루어지도록 화기애애하게 대화를 나누면 되는데, 순간적으로 머릿속이 복잡해졌다.

'돌싱이라고? 왜 이혼한 거지? 와이프한테 이혼을 당한 건가? 아니면, 그 반대인가? 어느 쪽에 문제가 있었던 거지? 어떤 문제로 헤어진 거지?'

나도 돌싱이면서, 나도 모르게 그 사람을 편견 어린 시선으로 보고 있었다. '어딘가 문제가 있는 사람'으로 말이다. 성격이 이상한 건 아닌지, 바람둥이는 아닌지, 폭력 성향이 있는 건 아닌지, 도박이나 마약·알코올 중독자는 아닌지, 몸이나 건강에 문제가 있는 건 아닌지, 낭비벽이 있거나 빚을 몽땅 지고 있는 건 아닌지, 변태성욕자는 아닌지, 부모형제가 괴팍한 사람들인 건 아닌지 등등. 이혼을 했다는 것은 어쨌든 결혼생활에 문제가 있었다는 얘기니까. 단지 사랑이 식었다는 이유로 헤어지는 부부는 한국 사회에서 흔치 않으니까.

물론, 내게 이럴 자격이 있는지는 모르겠다. 아마 그 사람도 나를 보며 내 이혼 사유를 다각도로 추측해봄과 동시에 온갖 상상을 해봤을 게다.

나의 이혼 사실을 알게 된 사람들이 궁금해하는 것이 몇 가지 있는데, 첫 번째가 '왜 이혼했는지?'이고, 두 번째가 '왜 아직 재혼을 안 했는지?'이다. 세 번째는 '애인은 있는지?'이고, 네 번째가 '양육비는 받고 있는지?'이다. 경험상, 순서를 매겨보면 대충 이러하다.

별로 친하지도 않으면서 왜 이혼했느냐고 노골적으로 물어보는 사람도 숱하게 있었다. 사실대로 답해줄 수도 있지만 그때마다 대충 얼버무리고 마는 까닭은, 그다지 아름다운 이야기가 못 되기 때문이다. 게다가 불미스러운 이야기를 주절주절 늘어놓는 것은 전남편과 나 사이에서 태어난 가람이를 욕되게 만드는 일인 것도 같아, 웬만하면 입을 열지 않는다.

한 가지 고백하고 싶은 건, 이혼하고 나서 한참 후에야 내게도 잘못이 있었음을 깨달았다는 것이다. 실패한 결혼으로부터 얻은 소득이 있다면, 나도 변해야 한다는 자각이었으니까. 그러므로, 물론 경우에 따라 다르겠지만, 이혼 커플의 경우 파경의 책임을 어느 한쪽에게만 지우는 것은 온당한 처사가 아닐 수도 있겠다는 생각이 든다. 그렇기에 나 역시 이혼자라는 이유만으로 남들로부터 불신과 편견, 의심과 경계의 대상이 될 수 있다는 것을 달게 받아들이는 것이다.

얼마 전에 옮긴 직장에서도 이와 비슷한 일을 겪은 적이 있다. 모처럼 팀 MT를 떠나면서 팀원들이 차 두 대를 나눠 타고 이동했는데, 나는 그중 A가 운전하는 차를 타게 되었다. 알고 보니, 우연히 그렇게 된 게 아니었다. B가 나를 거부했기 때문에 A가 나를 떠맡게 된 것임을 그때는 알지 못했다.

- 도신영 씨, 이혼녀라며? 난, 이혼녀는 차에 태우기 싫어.

다만 바라는 것은 이거 하나다. 이혼자건 기혼자건 비혼자건, 인간이라면 누구나 변덕스럽고 나약하고 자기중심적인 면이 있기 마련이다. 그러니 이혼자들에게만 '이러니까 이혼(당)했겠지' 뭐, 이런 식으로 마음대로 귀인(歸因)하지 않았으면 좋겠다는 것이다. 단점 없고 허물없는 인간은 이 세상에 없으니.

유부녀 코스프레 라이브 쇼
학부모 모임 참석하기

- 어머, 가람 엄마시구나. 안녕하세요? 우리 준영이가 가람이랑 친하던데.

- 아, 네, 안녕하세요?

- 앞으로 자주 뵈어요.

- 네, 그래요.

- 언제 커피타임 해요. 혹시 오늘은 시간 되세요?

- 오늘은 먼저 가봐야 될 것 같아요.

- 그러세요. 연락드릴게요.

얼마 전 가람이 학교에서 학부모총회가 열렸다. 담임선생님께 인사만 드리고 나오려 했는데, 그만 가람이 친구 엄마에게 딱 걸리고 말았다. 학부모 총회에선 교실에서 자기 아이의 자리에 앉기 때문에 '누구 엄마'인지 대충 알수가 있다.

3월 중순이면 학부모총회를 연다는 가정통신문이 온다. 학부모총회에 참석한다는 것은 담임선생님을 만나 눈도장을 찍는다는 의미도 있지만, 학부모들의 커뮤니티에 얼굴을 내민다는 의미도 갖고 있다.

학부모(대개 엄마)들의 커뮤니티는 자식을 매개로 형성되는 거라 친구관계나 사회생활로 맺어지는 인간관계와는 차이가 좀 있다. 대개 같은 동네에 살고 있어 서로의 집도 알게 되고, 아이들을 통해 서로의 일상과 생활반경이 노출될 여지도 많다. 그래서 프라이버시가 지켜지기 어려운 면이 있어 나로서는 적극 참여하고 싶다는 생각이 별로 들지 않는다.

그렇다고 해서 아이를 1년 동안 책임질 담임선생님의 얼굴을 몰라서야 쓰나. 학부모총회는 교장선생님과 담임선생님이 어떤 사람인지 알 수 있는 좋은 기회다. 물론 총회를 피해 따로 찾아갈 수도 있지만 그건 아무래도 좀 부담스럽고, 그래서 고민 끝에 총회에 참석은 하되 담임선생님만 보고 얼른 자리를 뜨려 했던 건데….

앗! 그런데 오늘 준영이 엄마가 정말 연락을 해온 거다.

- 식구들 저녁 차려주고 나서, 다른 엄마들과 커피 한 잔 해요. 아이들끼리 친한 김에 엄마들도 친하게 지내면 좋잖아요.

그렇지 않다고, 엄마들까지 친하게 지낼 필요는 없지 않느냐고 차마 말할 수가 없었다. '가람이 엄마가 좀 까칠하더라' 하는 소문이 학교에 퍼지는 광경이 상상이 되는 바람에. 게다가 딱히 거절할 핑계도 생각나지 않아 얼떨결에 응하고 말았다.

내키지 않는 걸음으로 약속장소로 향했다. 이제부터 나의 언행은 내 이름 석 자가 아닌 '가람 엄마'의 언행으로 기억될 것이기 때문에, 그 자리에 앉아 있는 것이 피곤한 일일 거라 짐작은 된다. 게다가 나로서는 그 자리가 피곤할 이유가 하나 더 있다. 가람이는, 아빠와 같이 살지 않는다는 것을 아직 친구들에게 비밀로 하고 있다. 아무리 친한 친구라 해도 아직은 밝히고 싶지 않단다.

그러니 나는 가서 연기를 해야 하는 거다. 아줌마들의 수다판에서, 남편과 같이 사는 것처럼 라이브 쇼를 해야 하는 거다. 그래 어차피 할 쇼라면, 이왕이면 제대로 하자.

카페 문을 힘차게 열었다.

- 안녕하세요? 저, 가람 엄마예요!

애정과 증오의 상호비례성
이혼을 고민하는 친구

한동안 연락이 끊겼던 친구로부터 전화가 걸려왔다. 싱글맘인 내 처지를 헤아려주던 고마운 친구였는데, 서로 생활 패턴이 다르다 보니 서서히 멀어졌던 것 같다. 생각해보면 이혼 후 가까워진 사람도 있지만 그 반대인 경우도 있는데, 서로의 일상과 고민거리가 다르다는 데서 오는 거리감을 무시하기 어렵다.

가라앉은 음성으로 안부를 묻던 친구. 그런데 목소리가 갑자기 가늘게 떨리기 시작했다.

- 신영아, 나, 사실은⋯. 흑흑.
- 왜 그래? 무슨 일 있어?

- 남편이 이혼하재. 나 어쩌면 좋니? 흑흑.

- 뭐? 너희 부부, 사이 좋았잖아? 갑자기 왜 그런다니?

- 흑흑…. 여자가 생긴 것 같아.

- 뭐?

- 난 이혼할 생각 없어. 난 남편이 좋아. 누구 좋으라고 이혼해줘? 절대 안 해! 못 해!

- 당연하지!

- 신영아, 너무 답답해서 너랑 이야기 좀 하고 싶은데, 잠깐 시간 내줄 수 있어?

- 그래, 그래!

- 고마워. 그리고 내가 이런 얘기한 것, 다른 친구들한테는 절대 말하지 마…. 흑흑.

맙소사! 딴 친구들이라면 몰라도 이 친구에게는 결코 일어나지 않을 것 같던 일이 일어나고 말았다. 남편의 외도 그 자체만으로도 엄청난 충격일 텐데 이혼까지 요구당하고 있는 가여운 상황.

오랜만에 만난 친구는 얼굴이 반쪽이 되어 있었다. 남편은 '여자 같은 건 없다'고 우기고 있지만 분명히 여자가 있는 눈치라고 했다. 남편이 안겨준 배신감과 얼굴 모르는 연적을 향한 적개심으로 친구는 한꺼번에 10년은 늙어버린 듯했다.

상담센터에서는, 아내에게 이혼 의사가 없고 특별한 잘못이 없다면 남편 뜻대로 되기 어려우니 힘들겠지만 버티라고 했다던가. 그러면서도 만의 하나, 나중에 이혼하게 되는 경우가 올 수도 있으니 그에 대한 대비도 해둘 필요는 있다고 했다던가.

- 혹시 몰라서 물어보는 건데, 신영아, 이혼해서 사는 것… 어때?
- 궁금해? 솔직하게 말해줄까?
- 응.
- 그 전에 너한테 먼저 물어볼 게 있어. 너, 만약 이혼하게 된다면 위자료 얼마나 받을 수 있을 것 같아?
- 글쎄.
- 사실 위자료는 많이 받는다 해도 몇 천만 원 정도일 거야. 혹시, 재산 분할하면 받을 게 좀 있니?
- 나눌 재산이라곤 아파트 한 채가 다야. 그것도 대출 끼고 산 것이고.
- 그러면 친정부모님이 너를 경제적으로 도와주실 수 있어?
- 아니.
- 그럼, 네가 전문직도 아니고, 고정 수입이 있는 것도 아닌데 직업의 귀천 안 따지고 험한 일도 팔 걷어붙이고 할 자신 있어?
- ….
- 우리 사회에서 여자 혼자 애 키우며 먹고살려면 각오 단단히 해야 해.
- 그렇구나. 복지제도 같은 건 어떤데? 우리나라 복지제도, 많이 좋아지지 않았니? 너도 지원받는 것 있지 않아?
- 모르는 소리 하지 마. 지원제도가 있긴 한데 자격조건이 까다로워. 난, 한 두 가지가 걸리는 바람에 하나도 못 받고 있어. 우리나라가 북유럽 같은 복지 선진국은 아니잖니. 복지제도에 아직 사각지대가 너무 많아.
- 그렇구나.

- 그러니까 혹시 남편과 헤어지게 되더라도, 경제적으로 자립할 준비가 될 때까지는 시간을 벌어야 해. 치사해도 어쩔 수 없어.

- 그래, 알았어.

- 하루하루 정말 힘들겠구나. 이번 기회에 일을 시작해보는 건 어때? 뭐든 배우러 다니는 것도 좋고. 정신없이 바빠야 그 일에 신경을 덜 쓰게 될 거고, 그래야 네가 덜 괴롭지 않겠어?

- 그럴까? 누가 바리스타 과정 같이 다니자고 하던데, 생각해봐야겠네. 그리고 나는 절대 이혼 안 해줄 거야. 나에게 이렇게 고통을 안겨주다니…. 같이 살면서 두고두고 복수해줄 거야.

애정과 증오는 상호 비례적인 감정인 것이 분명했다. 밀착 복수를 다짐하는 친구나, 지나가는 바람으로 끝날 수도 있었을 일을 확대시켜 복수혈전을 자초한 남편이나, 딱하기는 매일반이다.

친구는, 남에게 말하기에는 너무나 자존심 상하고 주변에 걱정을 끼치기도 싫어 누구에게도 이야기하지 않고 혼자 몇 달을 끙끙댔다고 했다. 그렇다. 스스로 극도로 비참하게 느껴질 때는 그렇게 된다. 그런데 뒤집어 얘기하면, 내가 친구에게는 '치부를 드러내도 자존심이 덜 상할' 대상으로 여겨졌다는 소리가 된다. … 충분히 그럴 수 있다. 그게 뭐가 문제인가. 어쨌거나, 외로운 친구에게 상담역이 되어줄 수 있으니 다행인 것을.

'혼밥'에 적응하셔야
가족을 그리는 기러기아빠

- 저녁 먹었니? 아직 안 먹었지?

- 어? 어엉.

- 오늘은 별일 없는 거지?

- 엉? 그, 글쎄.

- 그럼 저녁 같이 먹자! 나 곧 퇴근하거든! 그쪽으로 갈게. 가람이 데리고 나와! 지난번에 갔던 그 집 갈까? 거기 괜찮지 않았냐?

다음에 먹자는 말을 할 새도 없이 일사천리로 약속이 정해져버렸다. 이쪽에서 적극적으로 거절 의사를 표하지 않은 탓도 있겠지만, 혼자 먹는 밥이 지겨워 식사 파트너를 찾는 친척 오빠에게 연달아 세 번이나 '노!'를 할 수도 없었다.

요즘 젊은이들은 개인 취향과 시간 절약 등을 이유로 '혼밥'을 즐긴다지만

5년차 기러기족인 오빠에게 혼밥은 순전히 비자발적인 선택이다. 사실 오빠도 어느 정도 각오는 했었겠지만, 기약 없는 혼밥이 이렇게까지 힘겨운 일이 될 줄은 몰랐으리라.

몇 달 전 퇴근길에 처음 우리 동네에 들렀던 날, 오빠는 나와 가람이를 보며 못내 가슴 아파했다.

- 그래, 네 소식은 들어서 알고 있었어. 잘 살지 못하고, 왜….

그날 오빠는 가람이에게 용돈을 마구 쥐어줬던 것 같다. 어쩌면 가람이를 보며, 아빠와 떨어져 먼 이국땅에서 크고 있는 아들내미가 생각났는지도 모를 일이다.

그날 이후 오빠는 가끔 퇴근길에 우리 동네에 들러 저녁을 해결하고 갔다. 오빠는 혼밥을 면하고, 나와 가람이는 다양한 외식 메뉴를 섭렵했다. 40대 아저씨가 그렇게 수다스러울 수 있다는 것도 새로운 발견이었다! 그런데 어떤 이야기를 하든 마지막에 가서는 반드시 아들내미 이야기로 귀결되었으니, 이른바 '깔때기 이론'의 확인이랄까.

- 날마다 아침저녁으로 화상 통화해. 방금 여기 오면서도 통화했는걸. 이 사진 한번 볼래?

오빠가 건네준 휴대폰에는 조카와 올케언니의 모습, 조카가 받은 상장과 상패 등 어마어마한 양의 사진이 저장되어 있었다. 그야말로 기러기아빠의 하루하루를, 순간순간을 버티게 해주는 에너지원이려니.

언젠가 사흘짜리 황금연휴의 마지막 날, 그날도 전화벨이 울렸다.

- 밥 먹었니? 안 먹었으면 같이 먹자! 내가 그저께부터 계속 혼자 여섯 끼를 먹었거든. 라면도 끓여 먹고, 짜장면도 시켜 먹고…. 아무리 메뉴를 바꿔봐도 혼자 먹는 건 정말 너무 지겹다. 맛있는 것 사줄 테니까 가람이랑 나와라!

사람이 그립고 가족이 그리운 중년남자의 절박한 SOS 신호를 외면할 수 없었다. 기러기아빠들과 관련해서 좋은 뉴스가 난 적이 있었던가. 일곱 번째 끼니까지 혼자 먹게 됐다가는 자칫 큰일이 날 수도 있겠다는, 방정맞은 생각까지 들었다. 하지만 성격 쾌활하고 사교적인 오빠가 이렇게 쓸쓸하게 지내는 것이 잘 이해되지 않았다. 그날 만난 오빠는 여느 때에 비해 좀 더 많이 솔직했던 것도 같다.

- 오빠는 친구들 안 만나?
- 친구들이야 있지만, 자꾸 불러내면 누가 좋아하겠냐? 우리 나이에 와이프 눈치 안 볼 수 있겠어?
- 그건 그러네. 그럼 주말에는 뭐하는데?
- 주말에도 거의 혼자 있지. 요즘엔 드라마도 볼 만하더라. 드라마 재방송 몰아서 보고, 영화 다운받은 것도 보고 그러지.
- 취미생활을 하든가 동호회 활동 같은 거라도 좀 해봐.
- 그런 것도 해봤는데 나랑은 좀 안 맞는 것 같아. 이상한 사람들도 좀 있는 것 같고.
- 진짜 외로웠겠네. 지난 5년간 어떻게 살았어?

- 와이프랑 별거 중인 친구가 있어서 한동안 자주 만났어. 같이 여행 다니고, 낚시도 가고, 산에도 가고 그랬지. 그런데 어느 날 와이프랑 다시 합치더라고. 그 후로는 그놈 보기 힘들어졌지. 하하. 와이프한테 꼭 잡혀서 잘 살고 있다는 거지, 뭐. 하하.

내가 식사 파트너로 적격인 이유도 자동으로 설명되었다. 뭐, 짐작했던 대로다. 문제는 오빠의 생홀아비 노릇이 언제까지 계속될 것인가 하는 건데, 그것은 전적으로 오빠의 경제력에 달린 모양이다. 그리고 그 전망이 불투명한 것이 현실이고.

- 사실 부담이 되긴 해. 매달 힘에 부쳐. 앞으로 얼마나 더 보낼 수 있을지, 사실 잘 모르겠어. 요새는 경기도 너무 안 좋고….
- 오빠가 이렇게 혼자 고생하는 것, 언니랑 조카도 알긴 알지? 정 힘들면 보내는 액수를 좀 줄이든가.
- 아유, 그러면 안 되지. 거기서도 매달 나가는 돈이 있는데. 걱정해주는 마음은 고맙지만, 아이가 거기서 공부 잘하고 학교 잘 다니니까 고생을 해도 고생하는 것 같지 않아. 아빠로서 보람을 느끼니까.
- 아무리 자식 교육이 중요하다지만 이렇게 가족이 떨어져 살면서까지 해야 하나?
- 그런가? 신영이 너는 혼자 사는 게 아니니까 잘 모르겠지만, 현관문 열고 들어가서 불을 켤 때가 제일 기분이 안 좋아. 솔직히 말해서, 사람 없는 빈집에 들어가는 게 너무 싫어.

오빠에게는 내 말이 누군가를 향한 비난으로 들렸을지도 모르겠다. 그저 팔이 안으로 굽는 이치이거늘.

- 아! 노래하고 싶다! 기타 치면서 노래하고 싶어!

가족을 그리는 기러기아빠의 구슬픈 노래를 들어줄 사람은 어디에 있을까?

내가 하와이 여행을 포기한 까닭
그녀와 나의 결정적 차이

- 신영 언니, 이번 여름에 하와이 안 갈래?

- 하와이?

- 응. 여행사에서 싸게 나온 상품이 있어서 친구들이랑 예약해놨는데, 한 명이 지금 못 가게 됐어. 혹시 시간 되면 같이 가자고.

- 글쎄, 가면 좋겠지만 가람이 때문에….

- 어디 맡길 데 없어? 부모님한테 맡기고 가면 안 될까?

- 글쎄, 부탁드려 볼 수는 있는데, 애 떼어놓고 혼자 며칠씩 여행 갔다 오기가 좀 그러네.

- 그래, 언니는 나중에 가람이 키워놓고 가야겠다.

- 그런데 너, 지난번에 유럽 갔다 오지 않았어? 또 나가?

- 하와이는 처음이야. 한 살이라도 젊을 때 열심히 놀러 다녀야지!

- 그래, 좋겠다. 부럽네!

이번엔 하와이에 놀러 간다며 염장질을 하는 후배 진아. 화장대에는 그녀가 여행길에 사다준 립스틱이 이미 여러 개 굴러다니고 있다.

떠나고 싶을 때 떠날 수 있다는 건 얼마나 큰 축복인지! 직장에 매인 몸이지만, 외국계 기업이라 휴가일수도 많고 휴가 쓰는 것도 자유로워, 그녀는 다양하게 놀 계획을 세우고 그 계획을 반드시 실행에 옮기는 식으로 알찬 삶을 구가하고 있다.

곰곰 생각해보면 돌싱이라는 점 외에는 나와 공통점이 별로 없는 그녀. 특히 결정적으로 다른 한 가지는, 그녀에겐 아이가 없다는 점이다(남편이 정말 평생의 짝이 아니라면, 아이가 생기기 전에 결론을 내린 건 백번 잘한 일이다). 시간적 여유와 경제적 여유를 다 갖춘 그녀는, 그래서 언제 봐도 우아하고 여유로운 모습이다. 날씨 따라 레포츠를 즐기고 계절 따라 화려한 패션을 선보이며 온갖 공연과 전시회, 아카데미를 섭렵하는 그녀를 보노라면 상대적 박탈감마저 들 정도다.

주변 사람들은 재혼을 권하는 모양이지만 (심지어 나도 권해본 적이 있다!) 그녀는 재혼 따위는(?) 안중에도 없다.

- 한 번 해봤으면 됐지, 뭘 또 해! 사실, 여자가 재혼을 생각하게 되는 경우가 대개 두 가지인데, 난 둘 다 아니거든.

- 그 두 가지가 뭔데?

- 혼자 힘으로 먹고살기 힘들 때. 그리고 정말로 사랑하는 남자가 생겼을 때.

- 진아 너, 지금 만나는 사람 있지 않아?

- 있지. 그런데 그 사람을 보면, 그런 생각까지는 안 들거든.

단순하고 명쾌했다. 그녀는 비록 이혼의 아픔은 겪었지만 현재 스코어로 보면 나름 만족스럽게, 잘 살고 있는 중이다. 그녀는 오히려 나를 걱정했다.

- 언니를 봐도 그렇고, 혼자 애 키우는 여자들 보면 괜히 미안해지는 것 있지? 요즘은 많이 달라졌다고는 하지만, 현실적으로 이혼의 원인은 남자들이 제공하는 경우가 많잖아. 그런데도 애를 책임지는 것은 대개 여자들이고…. 아무튼 여자들의 모성애는 대단한 것 같아. 정말 고귀한 거지.
- 그렇게 거창하게 표현할 것은 아닌데….
- 아니야. 난 그렇게 봐. 그래서 혼자 애 키우는 엄마아빠들에게는 정부에서 지원을 많이 해줘야 한다고 생각해. 사회적 편견도 좀 없어졌으면 좋겠고.

맞는 말이긴 하다. 같은 돌싱녀라고 해도 애가 있느냐 없느냐에 따라 생활은 천양지차다. 한쪽이 시간과 돈과 에너지를 오롯이 자기에게 투자할 때, 다른 쪽은 시간과 돈과 에너지를 아이에게 쏟아 붓느라 자기가 쓸 것은 늘 모자라다. 그래서 늘 허덕인다. 그래서 한부모 가정에서는 부·모의 삶이 힘든 만큼 아이들도 스트레스를 받을 수밖에 없는데, 이 아이들이 제대로 자라나 모범적인 사회구성원이 될 수 있도록 지원하는 것도 국가적으로 중요한 일이 아닐까?

그건 그렇고, 몇 주 후면 진아가 여행길에 사다 준 립스틱이 하나 더 늘어나 있겠지? 이번에는 아예 색깔을 지정해줄까 싶기도 하다!

그녀를 경계하세요
연락 뜸해진 남사친

살다 보면, 하루 종일 일에 치이고 사람에 치이다 보면, 누군가 만나서 한바탕 넋두리를 하고 싶을 때가 있다. 그렇게라도 안 하면 가슴에 응어리가 생길 것만 같은 그런 날.

남자친구가 아닌, 남사친(남자사람친구)이 하나 있다. 중학교 동창인데 다른 동창들과 같이 만나기도 하고 가끔 둘이서 가볍게 맥주 한 잔을 하기도 한다. 어릴 적 친구들은 만나도 심각한 얘기를 하는 법이 없다. 시시껄렁한 농담을 주고받고 중학생 수준의 말장난을 하면서 낄낄거리는 게 고작이다. 살다 보면 그런 만남, 그런 시간이 위안이 되기도 한다.

늘 실없는 우스갯소리로 날 웃게 해주는 그 친구가 이런저런 내 푸념을 듣더니 내린 처방은 바로 '남자'였다.

- 네가 남자가 없어서 더 힘든가 보다.

- 남자?

- 응. 내가 하나 소개해줄까? 아무래도 남자가 있으면 나을 거야.

- 그럴까?

- 야! 당연하지. 서로 위로도 해주고, 같이 놀러 다니기도 하고. 어쨌든 혼자보다는 훨씬 낫지.

- 그랬다가 괜히 남의 입에 오르내리면 어떡해?

- 뭐 어때, 싱글인데! 내가 싱글이라면 날아다니겠다. 야! 다른 사람들 의식할 것 없어. 지금부터라도 재미있게 살아. 나중에 후회하지 말고.

- 정말 그렇게 생각해?

- 그럼! 내가 한번 알아볼게. 괜찮은 돌싱으로. 아니다, 이왕이면 총각으로 해줄까? 요즘에는 돌싱녀와 총각이 만나는 경우도 많던데.

- 됐어. 남자 있어도 먹고살기 바빠서 데이트할 시간도 없어. 안 소개해줘도 돼. 또, 가끔 네가 이렇게 내 넋두리 들어주잖아.

- 야! 사실 나도 너 만나러 나오려면 마누라 눈치 보여. 마누라한테 핑계대고 몰래 나오는 거야.

처음 듣는 소리였다. 나를 만나기 위해 마누라를 속이고 있었다니.

- 정말이야? 대체 왜? 우리 원래부터 친한 것, 네 와이프도 알잖아.

- 알긴 알지. 그런데 네가 지금은 남편이 없잖아. 그래서 좀 신경이 쓰이는 눈치더라고.

- 헉. 설마 우리 사이를 오해라도 하는 거야?

- 아니, 오해까지는 아닌데…. 아무튼 좀 그래.

그래놓고 친구는 자기 말에 너무 신경 쓰지 말라는 말을 남기고 돌아갔다. 앞으로 이 친구와 둘이서 만날 일은 더는 없(어야)겠다는 걸 직감했다. 언제부턴가 연락이 좀 뜸해진 이유도 이제야 알 것 같았다. 바보! 불편했으면 진작 말하지. 친구 와이프가 예민하게 구는 것 같아 조금 서운하면서도, 입장 바꿔 생각해보면 그럴 수도 있겠다 싶어진다.

　다시금 생각은 조금씩 확장되어갔다. 혹시 친구도 나를 부담스러워하고 있었던 것은 아닐까? 행여 내가 자기에게서 남편의 빈자리를 찾는 거라고 생각하진 않았을까? 내가 자기를 잠재적인 남자친구로 여긴다고 생각하진 않았을까? 와이프가 그런 기미를 안 보였다 해도 그 스스로 나와 거리를 두고 싶어 하지는 않았을까? 알 수 없는 노릇이다. 내 뜻과 무관하게 누군가로부터 오해를 살 수 있는 것이 지금의 내 위치, 내 처지인 것이다.

　찜찜한 기분은 쉽게 가라앉지 않았다. 나는 언제든 남편을 둔 여인들에게 경계의 대상이 될 수 있는 존재인 것이다. 불륜의 상대로 여겨질 소지가 있는 사람인 것이다. 내가 특별히 예쁜 여자가 아니라도….

경이로운 남자들
싱글파파 생존기

- 아이에게는 최고로 좋은 것만 먹이고 싶어. 자식이란 게 얼마나 귀한 존재인데…. 그래서 나는 식료품은 꼭 최고급으로 사. 그런데도 아이는 매일 반찬 투정이니, 정말 속상해 죽겠다. 그래도 그런 모습까지 예뻐 보인다니까! 그래서 사람들이 나더러 딸바보라고 하나 봐. 하하. 가람이는 음식 가리지 않고 잘 먹지? 그래도 애한테 아무 거나 먹이지 마. 식재료는 꼭 좋은 걸로 써라.

생협에 들렀다 가는 길이라는 선배는, 가람이 먹이라며 유정란을 건넸다. 선배는 딸내미 돌아올 시간이라 밥 차려줘야 한다며 커피도 다 마시지 않고 일어났다.

대학생 딸과 둘이 사는 선배는 딸에 대한 애정이 지극하다. 돌싱 생활 5년 차라 어지간한 집밥 메뉴는 뚝딱뚝딱 만든다는데, 그래도 딸아이는 툭하면 반찬 투정을 일삼는데다 틈만 나면 엄마와 시간을 보내려 해서 아빠의 질투심을 자극하는 모양이다. 그래도 보고만 있어도 좋다니, 나중에 아까워서 시집이나 보낼 수 있을까 싶다.

그토록 애지중지하는 딸을 위해 식재료도 끼니마다 최고급품으로 준비하는데, 그러다 보니 형편에 비해 지출이 과한 편이란다. 그래도 음식이 딸아이의 건강을 좌우하는 만큼 결코 양보할 수 없단다. 양보? 나는 많이 하는데…. 유기농이니 무항생제니 좋은 건 알지만 가격이 부담스러워 외면해왔다. 어미로서 자식 사랑이 부족했음을 잠시 자책해본다.

집에 돌아와 선배가 준 무항생제 자연방사 유정란을 깨뜨렸더니, 과연 듣던 대로 노른자가 탐스럽다. 크고 샛노란 것이, 따뜻한 곳에 놔뒀으면 정말 부화가 되고도 남았을 듯싶다. 어미 닭이 빼앗긴 그 알, 싱글파파가 사서 건네준 그 알을 익혀 내 새끼에게 먹이면서 부성애가 이리 뜨거운 것인가 새삼 놀라고 있다. 하긴, 외국에 거주하는 친구는 자기가 사귀는 돌싱남이 애들 뒷바라지를 완벽하게 하는 것을 보고 놀랐다는 이야기를 한 적이 있으니, 부성애가 어찌 모성애보다 약하다고 할 수 있을까.

아이가 없는 돌싱 입장에서는 아이 키우는 돌싱들이 대단해 보인다는데, 싱글맘 입장에서는 싱글파파들도 참 대단해 보인다. 온라인 카페에서 만나 어린이날 나들이와 휴가여행에 동행했던 싱글파파들도 내 눈에는 참으로 경이로운 남자들이었다. 싱글파파들, 그들은 다들 나름의 방식으로 생존을 위해 고군분투하는 중이다.

중소기업에 근무하는 A는 아내와 헤어질 때 외동딸의 양육권을 가져오기 위해 혈투를 벌였다. 지금 딸아이에게 엄마의 빈자리를 대신해주는 사람은 근처에 사는 누이동생. A는 퇴근하면 으레 딸과 함께 누이동생네로 향한다. 저녁식사를 해결하고 매제와 바둑을 두는 동안 딸아이는 동갑내기 사촌과 머리를 맞대고 숙제를 한다. 집 근처에 이렇게 든든한 조력자를, 그것도 떼로 둔, 흔치 않은 행운의 사나이!

이처럼 가족의 도움을 받을 수 있다면 다행이지만 그렇지 못하면 사람을 고용하는 수밖에 없다. 전문직에 종사하는 B는 아내와 헤어진 지 2년여. 출퇴근하는 도우미를 고용해 자신과 3남매의 의식주를 해결하고 있다. 주변에서는 재혼을 권하기도 하는데, 다섯 살짜리 막내가 아직도 엄마를 찾는 걸 보면 차마 그럴 수가 없단다.

대학생 아들이 얼마 전 군에 입대한 C는 졸지에 독거남이 되어 텅 빈 집에서 혼자 살고 있다. 아들 장가보낼 때까지는 버텨야 한다며 명퇴 압력에도 굴하지 않고 꿋꿋이 출근하고 있는 C. 저녁 무렵 SNS에 올리는 사진을 보면 (예상대로) 퍽이나 부실한 밥상에 소주병이 안 빠지고 놓여있어, 보는 이의 마음을 짠하게 만든다.

내가 아는 싱글파파 중에서 가장 빡빡한 삶을 꾸려가는 이는 초등생, 유치원생 두 아들과 사는 D가 아닐까 싶다. D는 아침에 아이들 깨워 밥 먹이고 옷 입히고 준비물 챙겨 학교와 유치원에 보낸 후 부랴부랴 사무실에 출근한다. 퇴근해서는, 다시 아이들의 저녁밥을 먹이고 숙제를 봐주고 같이 레슬링을 하고 책을 읽어주고, 애들을 재운다. 그러고 나면 밤 10시. 그제야 대충 씻고 집안 정리를 하고 잠자리에 드는데, 상황이 이러하므로 D씨는 퇴근 후에는 무조건 집으로 직행이다. 퇴근 후 비공식적인 자리에서 만들어지는 인적 네트워크는 거의 포기한 상태. 정 어쩔 수 없는 경우에는 베이비시터를 쓰기도 한다.

어머니가 때마다 밑반찬을 보내주시고 한 달에 한 번 정도는 직접 오셔서 살림을 봐주고 가지만, 그래도 집안 살림이 회사 일보다 어렵다는 게 돌싱 생활 1년차인 그의 총평이다. 처음에는 국간장과 진간장을 구별하지 못하는 등 실수 연발이었지만 아이들이 놀이삼아 거들고 있어 하루하루 나아지는 중이란다.

- 왜 이렇게 챙길 것이 많은지 모르겠어요. 그래도 차라리 이렇게 정신없이 바쁜 게 낫긴 해요. 아픈 기억들을 얼른 잊고 싶은데, 너무 바쁘다 보니 옛일을 생각할 틈이 없거든요. 그냥 지금은 아이들만 보면서 하루하루 열심히 살고 있습니다.

내가 웃는 게 웃는 게 아니야
이혼을 이야기하는 그녀들

아침부터 하늘이 꾸물거리더니 빗방울이 후드득 후드득 창문을 때렸다. 이런 날엔 교외의 분위기 좋은 찻집에 앉아 음악이나 들으면 딱 좋겠는데, 친구들과의 점심 약속이 걸렸다. 약속 당일에 갑자기 펑크를 내면 친구들은 '그래, 신영이가 오늘 많이 우울한가 보다' 이렇게 마음대로 시나리오를 쓸 게 뻔하다. 처량한 모습으로 상상되는 것은 사양하고파, 약속 장소에 나갔다. 유부녀 친구들의 수다 폭탄을 각오하고서.

점심을 먹고 나서 커피가 맛있다고 소문난 카페로 자리를 옮겼다. 화제는 아이들 이야기, 가전제품 이야기, 성형수술 이야기 등으로 쉴 새 없이 이어졌다. 그러다 마침내 가장 이야깃거리가 풍부한 주제, 남편과의 갈등으로 넘어갔다.

- 그래서 어떻게 됐대?

- 뭘 어떻게 돼. 그냥 참고 사는 거지. 걔는 이혼 못해. 마음이 약해서…. 게다가 자식이 둘이나 있는데?

- 그렇지. 애들 보고 살아야지 뭐.

- 말도 안 돼! 어떻게 그 세월 동안 참고 살았대? 나 같으면 당장 이혼했어.

오늘 못 나온 친구가 하나 있다. 그 친구와 가장 가까운 친구를 통해 이야기가 전해졌다. 언어폭력이 일상화된 그 친구의 남편은 늘 화난 말투로 윽박지르는데다 심지어 아이들 앞에서도 '이 X, 저 X'을 서슴지 않는 모양이다. 걸핏하면 친정 식구들에 대해 빈정거리고, 가장으로서 가족을 부양하는 것에 대해 심한 유세를 부리는 것도 그가 저지르는 만행 중의 하나였다.

친구들 입에서 '이혼'이라는 말이 거침없이 나왔다. 진작 이혼했어야 한다, 지금부터라도 이혼을 준비해야 한다, 재판에 대비해 증거를 모아놔야 한다 등등. 모두 남편과 알콩달콩 잘 살고 있는 친구들이다. 정작 이혼한 나는 찍소리 안 내고 잠자코 있었다. 누가 눈치 주는 것도 아닌데 저절로 그렇게 되었다. 이혼에 찬성하는 것처럼 말하면 친구까지 불행의 나락으로 끌어내리려는 심보 나쁜 인간이 되는 것 같고, 이혼에 반대하는 것처럼 말하면 곧 이혼녀로서의 내 삶이 고되고 힘겹다는 뜻으로 자동 번역되는 것만 같아서….

친구들의 '이혼론'은 점점 흥미진진하게, 진지하게 전개되었다.

- 아냐. 아무리 힘들어도 부모라면 이혼은 안 돼. 절대 안 돼. 걔가 이혼한다고 하면 난 도시락 싸갖고 다니면서 말릴 거야. 난 절대 반대야.

- 물론 애들을 생각하면 안 하는 게 좋지만, 정 살기 힘들면 헤어질 수도

있지 뭐.

- 모르는 소리 하지 마. 난, 내가 어렸을 때 부모님이 이혼하셔서 자식들이 받는 상처를 너무 잘 알아.

- 그때는 이혼이 지금보다 훨씬 드물었잖아?

- 그랬지. 남들에게 말도 못하고 쉬쉬하며 살았어. 친구들에게는 아빠가 외국에서 사업하신다고 둘러댔으니까. 철없던 어린 시절에는 부모님 원망도 많이 했는데, 나중에는 부모님을 이해하게 되더라. 그래도 우리가 받은 상처까지 사라지는 건 아니더라고. 난 그래서 연애할 때 내 아픔을 다 이해해주는 남편이 너무 고마웠어. 그래서 결혼할 때도 남편과 약속했어. 어떤 일이 있어도 자식들을 위해서 죽을 때까지 함께하자고.

친구 하나가 열변을 토하자 갑자기 분위기가 숙연해졌다. 친구 몇몇은 내 눈치를 보는 듯했다. 가람이도 커서 친구들에게 이런 말을 하게 되려나 싶어서, 안 그래도 가시방석에 앉아 있는 기분이건만….

사실 혼인생활을 지속할 것인가 말 것인가는 본인이 결정할 일이다. 옆에서 누가 감 놔라 배 놔라 할 일이 못 된다. 어떤 쪽을 택하든 후회는 따르기 마련. 그러니 아무리 친한 사이라 해도 함부로 말해서는 안 되는 것이다. 하지만 이혼이 계속 화제가 되고 있는 상황에서, 이혼에 대해 잘 알고 있는 경험자가 계속 입을 닫고 있는 것도 부자연스러운 일이다. 특히 친구들이 계속 내 심기를 살피도록 내버려둔다는 것은 있을 수 없는 일! 쿨하게 되받아침으로써 가라앉은 분위기를 살리기로 했다.

- 너희, 그거 알아?

- 뭐?

- 맞아. 이혼, 아무나 하는 것 아냐. 독해야 할 수 있어.

- 호호호. 하하하. 맞다! 맞아!

이야기를 나누노라면 사람들이 농담 삼아 이혼을 들먹거릴 때가 많다. 이혼 당하는 게 꿈이라는 둥, 금년에는 꼭 이혼하기로 약속했다는 둥, 오늘이 결혼기념일이니까 이제 그만 살고 이혼해야겠다는 둥.

분위기를 맞추기 위해 덩달아 웃긴 한다. 가급적 남들보다 더 큰 목소리로, 더 큰 동작으로. 그런데 그럴 때마다 마음 한 귀퉁이에서는 삭풍이 분다.

'내가 웃는 게 웃는 게 아니야.'

부모 수발에도 독박?
비대위의 싱거운 결론

아침부터 쇼핑몰에서 축하문자가 쇄도하더니 메일함을 열자 할인쿠폰이 쏟아졌다. 결혼기념일을 축하한다면서. 옛날에 회원 가입할 때 입력한 정보 덕분에 아직도 이때만 되면 어김없이 문자와 메일들이 날아든다. 선물 살 때 쓰라고 보내준 쿠폰과 함께 옷이며 화장품, 패션소품, 최신 IT제품들이 좌르륵 화면에 나타나는데, 마침 사려고 벼르던 물건이 눈에 띄어 쿠폰으로 용감하게 질렀다. 할인도 많이 받고 포인트도 두 배나 적립받으면서. 결혼기념일 쿠폰을 요긴하게 쓴 것을 뿌듯해하고 있는데 갑자기 전화벨이 울렸다.

- 네 엄마가 지금 큰일 났다! 얼른 와봐!
- 왜요 아빠? 무슨 일인데요?
- 팔을 많이 다쳤어! 욕실에서 미끄러져서!

낙상으로 인한 골절이었다. 치명상이 아닌 건 다행이지만 퇴원 후에도 통원치료가 불가피한데다, 게다가 오른쪽 팔이다. 당장 간병을 어떻게 할 것인가도 문제고, '끈 떨어진 연' 처지가 되신 아버지를 보살펴드리는 것도 과제이다.

바로 비대위(비상대책위원회)가 꾸려졌다. 위원들은 물론 2남1녀, 우리 자식들이다. 비대위가 출범하면 대책을 협의하기 위해 난상토론 정도는 벌어져야 맞는데, 싱겁게도 결론이 바로 나버리고 말았다. 그 결론이란? 바로, 내가, 부모님을 돌봐드리는 그 중요한 역할을 맡는다는 거다. 오빠 내외와 남동생 내외 모두가 그렇게 되기를 강력히 희망하고 있었다.

- 힘들겠지만 네가 좀 해야겠다. 할 사람이 너밖에 없지 않니?
- 그래, 누나. 누나가 고생 좀 해줘.

과연 '할 사람'이 나밖에 없는지는 객관적으로 검증되지 않았지만, 그 '할 사람'의 정의가 여건의 측면에서인지 아니면 의지의 측면에서인지도 잘 모르겠지만, 외국에 있는 오빠나 나보다 멀리 살면서 맞벌이를 하는 남동생에게 기대할 수 있는 것이 얼마나 있으랴 싶다.

나 혼자 덤터기를 쓴 것 같아 억울하다거나 뭐 그런 건 절대 아니다. 형제들이 어떻게 하는가와 무관하게, 나는 자식으로서 내 도리를 다할 거니까. 다만, 내가 남편과 시댁에 신경 쓸 일 없는 처지이기에 행여 형제들이 내가 부모 수발을 더 많이 해야 한다고, 그것이 당연하다고, 그렇게 여기지는 않기를 바라는 거다. 3남매가 분담해야 할 의무를 은근히 내게 떠넘기는 듯한 인상을 받았다면 내가 너무 예민한 걸까?

게다가 올케들은 은근슬쩍, 그동안 부모님으로부터 도움을 많이 받지 않았느냐는 식의 멘트를 날리기까지 했다. 하긴, 그렇긴 하다. 김치며 밑반찬이며 챙겨주셨고, 아이를 돌봐주신 적도 많으니까. 참, 여름에는 우리 모자의 휴가여행에도 기꺼이 동행해주셨지. 남동생네가 자기 처형네와 휴가를 갔을 때 말이다.

물론 형제간에도 이해득실을 안 따질 수는 없으리라. 형제들은 내가 다시 혼자가 된 것을, 자기들 입장에서는 어쩌면 잘된 일로 생각하고 있을지도 모르겠다. 나로 인해 자식으로서의 부담을 덜게 되었다고 말이다. 형제들에게 그런 계산속이 있다 한들 비난할 생각은 추호도 없다. 부모님께 불효한 죄인으로서, 그렇게 해서라도 불효의 죄를 씻을 수만 있다면 나로선 마음의 짐을 더는 셈이니까.

언젠가 부모님과 가람이와 교외 나들이를 가던 날, 뒷자리의 부모님이 이런 이야기를 나누시는 것을 듣고 내심 놀란 적이 있다.

- 신영이가 한서방이랑 알콩달콩 잘 살았으면 우리가 애네 얼굴 보기 힘들었을 거요. 신영이가 한서방과 헤어진 건 가슴 아픈 일이지만, 덕분에 가람이 얼굴도 자주 보고, 이렇게 같이 놀러 다닐 기회도 오는 거지, 안 그래요?

무슨 그런 말씀을 하시냐고, 그렇지 않다고 반박할 수 없었다. 한서방과 알콩달콩 잘 살았더라도 지금과 다르지 않았을 거라고, 큰소리 칠 수가 없었다. 부모님과 더욱 많은 시간을 보내는 것이야말로 혼자 된 딸자식이라서 가능한 (거의) 유일한 효도일 테니까.

축하보다는 응원에 가까운
난감한 곳, 결혼식장

- 오랜만이네! 잘 지내지?
- 네, 잘 지내셨어요?
- 애기 많이 컸네. 그런데 신랑은? … 같이 안 왔어?
- 아, 네….

사촌이 시집을 간다고 한다. 일가친척이 총집합하는 결혼식장에서 출결 상황 파악을 위한 점호가 시작되었다. 나의 신랑을 찾는 친척 아주머니의 눈이 나의 몸뚱이 전후좌우 각 지점을 빠르게 훑고 지나갔다. 이럴 때 뭔가 납득할 만한 사유를 대지 못하면 상대방은 내 쪽에 '특이 상황'이 발생한 것으로 인식한다. 부부싸움을 했거나, 별거 중이거나, 기타 등등.

이 아주머니는 내 소식을 아직 못 들었나? 이럴 때 참 난감해진다. 남편이 출장을 갔다거나 감기가 심하다는 둥 둘러댈 말이야 얼마든지 있지만, 또 예의 그 결벽증이 발동하는 탓에 선뜻 입이 떨어지지 않는다. 그렇다고 신성한 결혼식장에서 이혼 이야기를 꺼내는 것은 남의 경사에 초 치는 일 같고, 그랬다가 괜히 신랑신부에게 부정이라도 타면 큰일이지 싶다.

결국, 이어갈 말을 찾지 못하고 어물어물하고 말았다. 만약 결혼식장이 아니었다면 내 대답도 분명 이렇게 달라졌을 것을.

- 아, 네, 미처 말씀 못 드렸는데요, 애기아빠와는 헤어졌어요.

어느새 눈치가 9단인데다 마당발로 유명한 또 다른 아주머니가 다가왔다. 눈치 9단은 눈치 1단 아주머니의 옆구리를 사정없이 찔러대면서 한쪽 눈을 열심히 찡긋거렸다. 잠시 어리둥절해하는 1단 아주머니. 9단은 1단의 팔짱을 꼈고, 두 분은 내 앞에서 자연스럽게 돌아섰다. 9단이 1단에게 친절하게 설명해주시겠지.

사촌의 청첩은 좀 느닷없는 것이었다. 골드미스로 재미나게 산다더니, 그새 싫증이라도 난 건가? 끊임없이 짝을 찾아 헤매는, 짝짓기를 열망하는 세상의 남녀들. 사실 언제부턴가 사람들의 결혼 소식을 접하고는 '축하한다'는 말이 잘 나오지 않아 애를 먹고 있다. 결혼을 한다는 것이 과연 축하받을 일인 건지, 사실 잘 모르겠다. 둘이서 평생 같이 살기로 결정했다는 것에 대하여, 두 사람의 그 위대한 결심에 축하보다는 격려의 박수를 보내고 싶은 것이 차라리 솔직한 심정이다. 장기간에 걸쳐 상호 간에 끝없는 인내와 양보, 헌신을 필요로 하는 결혼생활, 그 첫걸음을 막 떼려는 커플들에게 '영혼 없는 축하'를 전하느니 차라리 뜨거운 응원을 보내고 싶다는 말이다.

'결혼을 하겠다고? 대단한걸? 정말 용감하군!'

'살다 보면 힘든 일도 많을 거야! 제발 나처럼 되지 말고, 부디 잘 살기를!'

하지만 이런 속마음을 곧이곧대로 드러낼 수야 있나. 심보 고약한 사람, 심사 뒤틀린 사람으로 보이지 않으려면 입술을 질끈 깨물고 축하의 말을 건네야 한다.

자, 그 다음에는 용감한 커플이 탄생하는 그 현장에 직접 갈 것이냐, 축의금만 보낼 것이냐를 결정해야 한다. 돌싱이 되고 나서 괴로웠던 순간이 한두 번이 아니지만, 명절이나 집안 대소사 때는 괴로움이 두 배, 세 배가 된다. 그런 날에는 대개 부부동반으로 짝 맞춰 움직이기 마련이고, 사이좋은 부부들은 부부금슬에 이상 없음을 만천하에 과시한다. 그러니 그런 날에 돌싱은 '혼자'라는 것이 더 티가 나버린다. 그렇다고 처녀총각들 그룹에 속하는 것도 아니니, 돌싱은 이도 저도 아닌, 어정쩡한 경계인일 수밖에.

게다가 집안 대소사 중에서도 결혼식은 난코스 중의 난코스다. 내 결혼이 깨진 처지에 남 결혼식에 앉아 박수 치고 밥 먹는 건 영 민망한 노릇이라. 그래서 몇 번은 이런저런 핑계를 대며 피해왔고, 이번에도 핑계를 대면서 축의금만 전할 생각도 했지만, 한편으로는 대체 언제까지 이렇게 살아야 하나 싶어지는 거다. 내가 무슨 죄인도 아니고⋯.

'나도 이젠 세상 밖으로 나가고 싶어.'

따져보면 친가, 외가 통틀어 내 항렬 중에서는 내가 돌싱 1호인데, 내가 첫 타자였던 만큼 부모님도 주변에 벤치마킹할 대상이 없어 어떻게 대처해야 하는지 감을 못 잡으셨던 것 같다. 명절이나 경조사 때면 부모님은 우리 식구의 부재에 대해 '가족이 모두 감기에 걸렸다' 혹은 '가족여행 갔다'는 식으로 둘러대며 버티셨다.

- 엄마, 언제까지 그렇게 얘기할 거야?
- 글쎄, 언젠가는 얘기해야지. 그런데 나중 일은 나중 일이고, 지금은 일단 그렇게 넘길 거야.

그런데 거짓말도 한두 번이지, 부모님도 점점 지치셨던 모양이다. 결국 가까운 친척들부터 알게 되었다. 다행히, 친척들의 반응은 부모님이 걱정하셨던 것보다는 괜찮았다고(?) 한다.

- 아유, 그랬구나! 이혼하는 게 요즘엔 뉴스거리도 아니야. 워낙 많이들 하더라고.
- 요즘 누가 참고 살아? 우리 때랑은 세상이 다르잖아. 살다 정 아니면 헤어지는 거지, 뭐. 괜찮아, 앞으로 잘 살면 돼. 평균수명도 긴데.
- 애까지 있는데, 오죽하면 그랬을까? 그동안 마음고생 많았겠네. 쯧쯧. 그나저나 애 데리고 혼자 살려면 힘들겠네. 양육비는 받고 있어?

그 후 친척들은 이런저런 방법으로 도움을 주곤 했다. 가람이 필요한 것 사주라며 금일봉이나 상품권을 전해준다든가 책가방이나 옷 같은 것을 사서 보내주곤 했다.

이제 양가 친척들에게 어느 정도 커밍아웃은 이루어진 상태. 하지만 막상 친척들을 만난다면 내가 그분들 눈에 어떻게 보일 것인가, 그분들이 나를 보는 마음이 과연 편할까 싶었다. 실제로 어쩌다 친척들을 만나게 되어, 전보다 나를 따뜻하게 대해주시는 것이 느껴질 때면 '내가 혹시 불쌍하게 보여서는 아닌가?' 하며 혼자 자격지심으로 끙끙대곤 했다. 언제더라, 누군가는, 더 늦기 전에 새출발해야 하지 않겠느냐며 괜찮은 홀아비를 소개해주겠다고 하셨다던가.

내가 테이프를 끊고 나서 한참 지난 후 친가와 외가 사촌들의 이혼 소식이 이따금 들려왔더랬다. 부모님은 조카들의 파경을 안타까워하시면서도 이제는 '혼자'가 아니라는 것에서 조금은 위안을 받는 듯도 하셨다. 불행도 혼자 겪지 않고 여럿이 겪으면 조금 견딜 만해지는 것인가.

시간이 흘러, 흘러, 상처에 굳은살이 생기면서, 이제는 대소사 현장에 등장할 정도의 용기는 지니게 되었다. 결혼식장에 오지 않은 새내기(?) 돌싱 사촌들을 생각하며, 아이 손을 잡고 피로연장에 올라가 뜨끈한 갈비탕을 받아든다.

네가 이렇게 살 줄 몰랐다? 알았다?
흐린 기억 속의 그대

- 신영아, 오늘 나올 거지?
- 신영아, 다들 너 보고 싶어 하니까 꼭 나와!
- 너 올 때까지 기다린다!

밴드로 옛 동창을 찾는 게 유행이라고 했다. 밴드 초대장을 보낼 테니 들어오라는 친구의 말을 몇 달째 흘려듣다가, 내 안부를 궁금해 하는 동창들이 있더라는 전언에 귀가 솔깃해졌다. 졸업 후 연락이 끊긴 친구들, 지금은 다들 어떤 모습으로 살고 있을까 궁금하기도 하고, 보고 싶기도 했다.

동창 밴드는 그날부터 날마다 드나드는 놀이터가 되었다. 그러다 동창 하나가 식당을 개업하자 개업 축하를 핑계로 번개 모임이 마련되었다. 오프라인 활동은 자제하려 했기에 나갈 생각이 없었으나 친구들의 잇단 전화에 마음이 흔들리고 말았다.

물어물어 찾아간 식당. 수십 년 만에 만난 친구들. 일단 반가웠다. 게다가 옛 얼굴을 기억해내며 이름을 알아맞히는 것은 퍼즐 맞추기처럼 재미있는 놀이였다. 이어서 어디 사는지, 무슨 일을 하는지, 결혼은 했는지, 아이는 몇인지 등등 기본적인 호구조사가 이어졌다.

모임에 가기 전, 친구들에게 커밍아웃을 할 것인지 말 것인지 전혀 고민스럽지 않았다면 거짓말일 게다. 그런데 막상 만나고 보니, 이 친구들 앞에서 내가 굳이 유부녀 연기를 해야 할 이유가 있을까 싶었다.

내 차례가 되었다.

- 난, 결혼은, 한 번 해봤어.

너무 솔직한 것도 병인지 모른다. '해봤다'는 표현이 재미있게 들렸던지 누군가는 웃음을 터뜨렸다. "내가 해봐서 아는데~"라는 말을 즐겨 썼던 어떤 인물을 떠올렸는지도 모르겠고. 그 외에는 특별한 반응이 없다 싶을 때, 옆에서 누군가 "애는?"이라고 물었던 것 같다.

- 초등학교 다니는 아들 하나 있는데, 내가 키워.
- 그래, 그래도 네가 키워서 다행이네.
- 그랬구나. 힘들었겠네.
- 여기도 돌싱들 많으니까 기죽을 것 없어.

위로와 격려로 볼 수 있는 언사들. 고마웠다. 그런데 나를 똑똑히 기억하고 있다던, 그래서 나를 많이 찾고 싶었다던 친구 하나가 이런 말을 던졌다.

- 그런데 나, 이런 말, 해도 되나? 사실은 오늘 여기 오기 전부터 그런 생각 했었어. 어쩌면 신영이 너는 이혼해서 혼자 살고 있을지도 모른다는….

그 친구가 내 '상태'를 점쟁이마냥 맞춘 것이 신기한지 다른 친구가 거들 었다.

- 어머 진짜? 너무 신기하다! 그런데 그런 생각이 왜 들었는데?
- 글쎄, 신영이 얘는 평범하게 살고 있을 것 같지는 않더라고. 혼자인 게 더 어울릴 것 같기도 하고.

학창시절 그 친구의 기억 속에 나는 '그런' 사람이었나 보다. 이른바 비주류 스타일? 실은 나도 궁금한 사항이다. 대체 어떤 사람들이 이혼자가 되는지…. 이혼자들의 공통된 속성 같은 것이 있기는 한지…. 혹시 '이혼자들의 심리적 특성에 관한 연구'가 진행된다면 십분 협조할 용의도 있다.

옛 친구들이 나의 현재를 꼭 이렇게 백퍼센트 정확하게 예측했던 건 아니다. 정반대의 경우도 있었으니까. 다행히도! 졸업 후 오랜만에 만난 학교 동기는 안쓰러워하는 표정으로 이렇게 말했었다.

- 신영아, 소식 들었어. 어떡하니? 난 네가 그렇게 살 줄 몰랐어. 결혼해서 행복하게 잘 살 줄 알았지.

동기의 말도 과히 듣기에 좋지는 않았다. 더 솔직하게 말하면 이런 말 역시 내 가슴을 후벼 파는 말이다. 그렇게 잘난 척하더니 결국 이 모양 이 꼴로 살고 있느냐는 조롱으로 들리는 건, 다 내 자격지심 때문이리라. 자신만만했던 젊은 날, 그 오만의 대가일까?

그렇게 살 줄 몰랐다는 말이나, 그렇게 살 줄 알았다는 말이나, 어떤 말도 내게는 다 상처가 되었다. 그래도 웃어넘겼다. 울 수는 없으니까.

그러고 보니 지난번에 만났던 그 친구는 지금쯤은 내 소식을 들었을까? 그 친구는 내가 자기의 첫사랑이라며 어느 날 진지하게 고백을 해왔더랬다. 그 진지한 눈빛이 부담스러워, 결국 졸업할 때까지 그 아이를 피해 다녔다. 매몰찬 거절에 상처라도 받았는지 그 아이는 곧 유학을 떠났고, 얼마 전에 드라마의 주인공처럼 번듯이 성공해서 돌아왔다. 그리고 역시나 드라마처럼, 첫사랑(=나)과의 재회가 이루어진 거다.

- 외국에 있는 동안 네 생각 정말 많이 했다. 옛날에 네가 내 고백을 안 받아줬을 때는 정말 섭섭했어. 그래도 난 네가 행복하기를 바랐어. 진심이야. 그래서 한국에 오면 네가 잘 살고 있다는 걸 내 눈으로 확인하고 싶더라. 그래서 너 좀 만나게 해달라고 애들한테 부탁한 거야.

내가 뻥 찼던 남자에게, 보란 듯이 멋진 남자와 결혼해서 잘 사는 모습을 보여주고 싶었는데…. 아! 인생은 뜻대로 되지 않는 것이다.

난 괜찮아!
해방구 밖에서는 허세를

- 이름이 가람이라고? 얼굴이 밝던데? 표정에 구김살도 없고.

- 그래? 그렇게 보였다면 다행이고.

- 빈말이 아니라 진심이야. 애 잘 키웠던데 뭐. 엄마가 열심히 살면 애는 잘 크게 되어 있어.

- 그런가?

지난번에 가람이를 처음 본 지인은 오늘 나를 보자마자 가람이의 밝은 모습부터 칭찬했다. 애가 걱정 끼치지 않고 잘 자라줘 다행이라는 뜻으로 하는 말이니 반갑고 고맙긴 한데, 이혼 가정의 아이라 얼굴이 어두울 거라는 선입견이라도 있었나 싶어지기도 한다.

아이만이 아니다. 사람들이 '나 같은 여자'를 떠올릴 때도 어떤 상(像) 비슷한 것이 있지 않나 싶다. 으레 특정한 외양이나 분위기를 지녔을 것으로 예

상하는 거다. 예를 들면 웅크린 자세에, 위축된 표정에, 어딘지 모르게 그늘
진 모습 같은 것?

하지만 예상대로 흘러가도록 놔두면 재미없으니 남들 눈에 명랑하게, 활
기차게, 씩씩하게 보이도록 하는 것은 꽤 중요한 과제이다. 주말부부 행세를
하다 들통 난 걸 보면 내 연기력이 훌륭하다 할 순 없지만, 또 연기 중에서
감정연기가 가장 어렵다지만, 사람들과 어울려 사는 한은 포기해선 안 되는
영역이다. 물론, 가족이나 극소수의 절친들을 만날 때는 그런 압박감에서 벗
어나 고민도 털어놓고 약한 모습을 보이기도 한다. 내게도 그 정도의 해방구
는 있어야겠기에….

하지만 해방구는 사람마다 달라서, 나와 같은 처지인 은지 엄마는 절친들
에게도 힘든 내색을 절대 하지 않는다.

- 친구들에게 이야기한다고 해서 문제가 해결되는 것도 아니잖아. 내 문제
는 결국 내 힘으로 해결해야지. 그래서 남한테 털어놓을 필요가 없더라고.
친구들이 걱정해주면서 하는 말도 듣기 싫고, 걱정스러운 눈빛으로 날 보는
것도 싫어. 날 불쌍하게 여기는 것 같아서. 그리고 친한 친구들에게 속내를
털어놓지 않는 이유는 또 있어. 비밀 유지가 된다는 보장이 없거든. 친구들
을 못 믿어서가 아니라…. 사람은 자기도 모르게 실수를 저지르기도 하니까.

항상 밝게 웃기에 명랑한 사람, 씩씩한 사람인 줄만 알았던 은지 엄마, 그
녀의 해방구는 따로 있었다. 그녀가 속내를 털어놓는 사람은 남자친구가 유
일한데, 그 사람 앞에서는 자존심 따위도 중요하게 생각되지 않고 동정받는
다는 느낌도 들지 않는다니, 정말 배우자 같은 존재인 모양이다.

각자의 해방구는 다 다르지만, 그래도 해방구 아닌 곳에서 씩씩한 척하는 것만큼은 공통이리라. 왜냐고? 동정받기 싫어서다. 또 있다. 걱정 끼치기 싫어서다. 아, 하나가 더 있다. 위로와 격려를 가장해 의도적으로 상처 주는 이들에겐 세게 대응할 필요가 있어서이기도 하다. 글쎄, 이런 것도 허세라면 허세일까?

not 로맨틱 *but* 성공적
나의 SNS 서포터즈

얇은 천 사이로 익숙한 진동이 전해졌다. 부르르. 온몸을 떨어대는 전화기. 그런데 화면에 뜨는 건 낯선 번호다. 받을까 말까 망설이다 일단 받아보기로.

- 여보세요?
- 어머, 신영아, 너 신영이 맞지? 나야 나, 수진이!
- 아, 수진이….
- 정말 오랜만이다! 살아있었네! 어떻게 지냈어? 그런데 어쩌면 그렇게 연락을 딱 끊니? 네 전화번호 알아내느라 얼마나 고생했는지 알아?

호들갑스러울 정도로 반가움을 표하던 친구는 이내 '무정한 애'라며 나를 닦달하기 시작했다. 친구 사이에 연락을 끊을 때는 그럴 만한 사정이 있었음을, 그럴 만하니까 그렇게 된 것임을 친구는 정녕 모르는 걸까?

'친구'라는 이름으로 부르는 이들이 여럿 되지만 다 가까운 것도 아니고, 또 친한 사이라고 해서 꼭 서로 내밀한 이야기까지 오픈하는 것도 아니다. 내 한심한 결혼생활부터 참담한 이혼과정까지 속속들이 아는 친구는 정말 '절친 중의 절친'이라 할 몇 명이 전부다. 매일 밤 한숨과 눈물로 지새울 때 내 얘기를 들어주고 진심으로 걱정과 위로를 보내준 친구들.

세월이 그렇게 흐르는 동안 우습게도 친구들 내에 등급 비슷한 것이 생겨버렸다. 등급이 나뉘는 기준은, 서로의 삶의 면면들을 어느 정도까지 공유하느냐다. 최고 등급의 영예는 가장 편하고 임의로운 친구 몇 명에게 돌아가는데, 그도 그럴 것이, 어쩌다 내 사정을 잘 모르는 친구를 만나면 얼굴에 하회탈을 쓰고 앉아 있는 기분이 된다. 내게 아무 일도 일어나지 않았던 것처럼, 그동안 아무 일도 겪지 않은 것처럼, 무난하게 살고 있는 것처럼, 행복한 여인네인 것처럼 온 얼굴에 미소를 쥐어짜노라면 나중엔 입가 근육이 파르르 떨려온다. 그렇다고 이제 와서 그 모든 스토리를 털어놓는 것은 괴롭고, 창피하고, 번거로운 일인데다 거짓말을 하는 것은 더더욱 내키지 않는다. 그러는 사이 '낮은 등급'의 친구들과는 이런저런 이유로 멀어지게 되었다. 의식적·무의식적으로 그렇게 되었다. 유난히 자기 자랑이 심하던 친구 수진이 내 바뀐 전화번호를 알지 못했던 것도 그 때문이다.

돌싱이 되면 대개 인간관계에 변화를 맞게 되는데, 거의 둘 중 하나다. 좀 극단적으로 말하면, 싱글로서 자유를 만끽하며 사교계를 누비거나, 혼자 위축되어 은둔하거나.

'고독하군.'

적당한 고독은 나를 단련시켜주리라 믿지만, 그래도 아직 고독을 즐길 수 있는 경지에는 이르지 못했다. 고독하다는 것을 인식하지 못할 만큼 바쁘게 지내는 수밖에. 그래서 때로는 한 시간 단위로 촘촘히 일과표를 짜서 실행에 옮겨보기도 한다. 어린 시절의 생활계획표 같은 그런 것을.

지금의 나는 어디쯤에 있을까? 세월이 가면서 은둔의 터널을 조금씩 빠져나오고 있긴 하지만, 천성이 사교적이지 못한 탓에 사교계는 언감생심 근처에도 못 가보고 있다. 그나마 변화가 있다면 시대 흐름에 발맞춰 조심스레 SNS를 시작해본 것 정도랄까?

SNS에 게시되는 글들을 보노라면 각자의 삶의 양식과 삶에 대한 각자의 태도가 읽히기 마련이다. 장님 코끼리 다리 만지듯 더듬거리는 식이라 해도 그렇게 서로 상대를 유추해가며 조금씩 알아가는 것도 재미는 재미다. 남에게 감추려 해도 저마다 감춰지지 않는 것들이 있으니, 아니, 오히려 남에게 감추려 할수록 더욱더 드러나는 것들이 있으니.

'눈팅'만 하던 초창기를 지나자 차츰 남의 글에 댓글을 남겨 보게도 되었다. 내 댓글에 누가 반응을 보이면 그것이 또 신기하고 재미있어서 점차 SNS에 머무는 시간이 늘더니, 언제부턴가는 내 이야기들을 짤막하게 올려 보게도 되었다. 처음에는 사회·문화 분야의 관심사들을 주로 언급했다면 요즘에는 내 생활과 고민을 조금씩 내보이는 중이다.

싱글맘의 애환이 담긴 글에 SNS 친구들은 다양한 반응을 보내왔다. 한 가지 재미있는 것은, 혼자 힘으로 먹고살기 힘들다고 신세타령을 늘어놓는데도 남녀 공히 '부럽다'는 반응을 보인다는 것이다. 대체적으로 남자들이 더 복통을 호소하곤 한다. 그 속내가 궁금해서 들여다보면, 열의 아홉은 나의 '싱글' 상태 그 자체를 배 아파하고 있는 듯하다. 그들은 자유(무슨 자유?)를 만끽하고 있는 내가 부러워 죽겠는 거다.

가끔은 낯선 사내들로부터 쪽지가 날아오기도 한다. 나이, 직업, 거주지, 키와 몸무게, 연봉, 건강상태, 취미 등이 적혀 있을 뿐만 아니라 심지어 은행 대출 액수와 상환 계획이 담겨있기도 하다! 그리고 어투는 하나같이 친절하고 정중하다! 이렇게 자발적으로 자기소개서를 제출해오는 이들은 한결같이 나의 전화번호를, 그리고 오프라인에서 1:1 만남이 가능한지를 알고 싶어 했다.

유감스럽게도 쪽지 전형에 통과되어 면접 전형까지 성사된 경우는 없다. 왜? 채용 계획 자체가 없으므로. 내게 있어 SNS는 '디지털 해우소'일 뿐, 오프라인 활동을 도모하기 위한 매개체는 아니기 때문이다. 그래서 글의 공개 범위를 조정한다든지 쪽지 차단 기능을 쓴다든지 하는 방법으로 교통정리를 해나가고 있다.

그래도 대부분의 SNS 친구들은 남의 도움 받지 않고 혼자 힘으로 삶을 개척해가는 내게 박수를 보내준다. 그들이 '힘내라'라는 댓글을 달아줄 때, '좋아요'를 눌러줄 때, 응원의 이모티콘을 보내줄 때 나는 힘을 얻는다. 세파를 헤쳐 나갈 힘을. 외로움을 견뎌낼 힘을.

그래서 SNS는 내게 '로맨틱'한 매체는 아니지만 '성공적'인 매체인 것!

Epilogue

이혼이 능사는 아니지만

이제는 올해 있었던 일과 작년에 있었던 일들, 그리고 재작년과 재재작년의 일들이 헷갈릴 때가 많다. 지난 일들을 정확히 기억한다는 것이 무슨 큰 의미가 있을까 싶긴 하지만. 그래도 한 해 한 해 갈수록 모든 면에서 차차 나아지고 안정되어가는 것 같아 다행이다. 이제는 세상도, 사회도, 남자도, 더이상 두렵지 않다. 시련을 견뎌낸 만큼 단단해지고 용감해진 것일까?

그새 세상이 달라졌는지, 주변에 나와 비슷한 처지의 여성이 많아진 것도 변화는 변화다. 양적 변화가 질적 변화를 초래하는 원리인지, 세월이 사람들의 가치관도 바꿔놓은 것인지, 이혼자를 보는 사람들의 시선도 조금씩 달라지고 있음을 느낀다.

이혼 직후를 되돌아보면, 그때는 '죄인'이나 '인생 실패자'쯤으로 취급되는 경우가 많았다. 지금도 그러한 시각이 좀 더 우세한 것 같은데, 그래도 그때에 비하면 부드럽고 너그러운 시선으로 봐주는 이가 많아진 듯해서 그때보다는 좀 덜 서럽고, 좀 덜 외롭다. 물론 여전히 이혼을 무책임한 행위로 규정하고 비난하는 이들이 많지만, 그들도 언젠가는 좀 더 관용적인 태도를 갖게 되지 않을까?

사실, 결혼이든 이혼이든 약혼이든 파혼이든 어디까지나 개인의 사적 영역에서 발생하는 일이며, 행복 추구 차원에서 행해지는 일이다. 더욱이 인간이 100세를 사는 '호모 헌드레드'(Homo Hundred) 시대가 코앞에 다가온 마당에, 60세면 장수했다고 축하하던 시절의 잣대를 들이대선 곤란하지 않은가.

요즘엔, 그래서 이혼하길 잘했다는 생각이 들기도 한다. 만약 어떤 마법 같은 것의 작용으로 인생의 어느 지점으로 다시 돌아가게 된다면? 그래서 선택의 기로에 다시 놓이게 된다면? 아마, 그래도 달라지는 것은 없으리라.

그러다 보니 이제는 종종 상담역을 맡게 되기도 하는데, 이혼을 원하는 여성들이나 이혼을 망설이는 여성들이 자문을 구해오는 것이다. 그럴 때마다 내가 하는 대답은 늘 비슷한데, 우선 부부 사이의 문제가 무엇인지 정확히 파악하라고 충고한다. 부부가 같이 살면서 서로에게 도움이 되지 않고 있다면, 결혼생활로 인해 심신이 손상되어가고 있다면, 본래의 밝고 건강한 모습을 잃어가고 있다면 뭔가 문제가 있다는 신호다.

그 다음에는 그 문제가 구조적 문제인지, 아니면 개선 가능한 문제인지 잘 판단해야 한다. 인내함으로써 상황이 개선될 것 같으면 조용히 참아야겠으나, 그럼으로써 도리어 상황이 악화되는 경우도 있지 않은가. 그러니 참고만 있지 말고, 문제의 성격을 판단하고 해결책을 찾기 위해 서로 최대한의 노력을 기울여야 할 것이다. 현실적으로 쉽지 않겠지만, 잠시 주말부부로 지내보거나, 별거의 시간을 갖거나, 새로운 일이나 공부를 시작함으로써 결혼생활과 배우자로부터 잠시 거리를 두어보는 것도 좋은 방법이지 않을까? 적정한 거리는 객관화라는 선물을 안겨줄 터이므로.

만약 구조적 문제라 개선 불가능하다고 판단된다면… 앞으로의 삶에 대해 신중하게 생각해볼 일이다. 물론 이혼으로 인해 또 다른 괴로움에 직면하게 될 수 있으므로, 이혼이 능사는 아니다. 절대로! 이혼 후 상황이 더 나빠질지, 더 좋아질지, 이혼을 후회하게 될지, 아닐지 그 누가 알겠는가. 행·불행을 좌우하는 수많은 변수들이 복합적·다차원적으로 영향을 미치는 것이 우리네 삶인 것을!

다만, 이혼이 선택 가능한 카드 중의 하나임은 분명한 사실이다. 두려워하기만 할 일이 아니라는 것도…. 다시 싱글로 돌아가는 것이 슬프고 괴로운 일만은 아니라는 거다. 이혼이 결혼생활의 실패를 의미하는 것은 사실이지만, 하기에 따라서는 보다 주체적인 삶의 전환점이 될 수도 있다는 뜻이다.

이혼 후 남자는 외로움을 느끼고 여자는 해방감과 자유를 느낀다던가. 여자 입장에서 배우자와 시댁에 대한 책임과 의무로부터 자유로워진다는 건 꽤 중요한 요소이다. 행동반경이 넓어지는 만큼 선택의 폭이 넓어지고 인간관계가 넓어지기도 한다. 전업주부였다가 이혼 후에 사회생활을 시작하는 경우라면, 자신의 능력과 가치를 재발견하고 재평가받는 계기가 될 수도 있다.

그러니 어떤 측면에서 본다면 삶의 질이 더 높아질 가능성도 있긴 있는 거다. 그래서 불행한 결혼생활에서 상처받은 자존감이 조금이라도 회복된다면, 결과적으로 나쁘지 않은 선택인 셈. 이혼을 무조건 죄악시하고 부정적으로만 보는 시각에 태클을 걸고 싶어지는 것도 그래서다.

또한, 헤어진 부부가 우호적으로 지내는 사례도 분명 존재한다. 아이 양육 문제를 같이 의논하고 서로의 삶을 존중하면서 말이다. 물론, 외국처럼 각자의 이성친구까지 소개하는 경우는 흔치 않겠지만.

일본에서는 지인들을 모아놓고 이혼식을 한다던가. 이 날, 부부의 마지막 공동작업이 이루어지는데, 그것은 함께 결혼반지를 부수고 결혼사진을 찢어버리는 것이다. 중요한 것은 아주 밝은 분위기에서 식이 진행된다는 사실. 불행한 과거를 훌훌 털고 각자 새출발을 다짐하는 자리이니만큼 분위기가 무거울 이유가 없다는 해석이다.

우리나라에서도 이런 이혼식을 구경할 수 있을지는, 잘 모르겠다. 하지만 일본에서 먼저 유행한 '졸혼'(卒婚)이라는 말이 우리 사회에서도 지금 심심찮게 회자되고 있다는 것은 무얼 의미할까? 졸혼은 '결혼을 졸업한다'는 뜻으로, 부부가 혼인관계는 유지하되 떨어져 지내며 서로 간섭하지 않고 자유롭게 사는 형태를 말한다. 언뜻 별거와 비슷해 보이지만, 두 사람이 정기적으로 만나고 정서적 유대를 이어간다는 점에서 차이가 있다. 내 경우는 결국 '졸업'을 못하고 '중퇴'를 한 셈인데, 만약 나도 심각한 불화가 아니었더라면 이와 비슷한 절충법을 찾았을지 모르겠다.

그래도 난, 지금의 내 삶이 부끄럽지 않다. 당당하지 못할 이유가 없다. 열심히 살고 있으니 남들에게 떳떳하고, 이렇게 내 힘으로 삶을 꾸려가는 나 자신이 뿌듯하기까지 하다.

어차피 인생은 '한여름 밤의 꿈' 같은 것. 이제는 좀 삶을 즐기면서 살아보고 싶다. 우중충하고 그늘진 캐릭터는 딱 질색이다. 그러니 이제부터는 구김

살 없는 표정, 낙관적인 언사, 긍정적인 태도, 상큼 발랄한 몸짓으로 살아보고자 한다. 더불어 나 자신의 욕망에도 더욱 솔직해지고 싶다. 그래서 무엇이든지 누릴 수만 있다면 한껏 누려보고프다.

　나, 이제는 좀 행복해져도 되지 않을까? 그동안 겪은 아픔과 고통을 생각하면, 그럴 자격이 있지 않은가?